KB089354

염주

염주

유응오 장편소설

백조

차례

허공을 걷는 사람들

— 1955년 설날의 꿈

1955년 설날 새벽녘에 차일혁은 잠에서 깼다. 박명薄明의 희부연 사위를 둘러보고 머리맡에 둔 염주를 더듬었다.

　　인민군 복장을 입고 소련제 철모를 쓴 빨치산들이 산에서 내려오고 있었다. 손에는 샤파긴 기관단총이나 모신나강 총이 들려 있었다. 선두에 선 빨치산은 인공기를 높이 들고 있었고 후미에 선 빨치산은 소련제 82밀리 박격포를 어깨에 짊어지고 있었다. 빨치산들은 축지법이라도 쓰는 것처럼 대단히 걸음이 빨랐다. 앞사람과의 거리를 한 보밖에 두지 않은 빨치산들이 능선을 타고 내려왔다. 그 숫자가 셀 수 없이 많아서 후미에 선 사람들은 작디작은 점처럼 보였다.

괴기스러운 광경이었다. 꿈속에서 본 산사람들의 입성은 빨치산들의 입성이 아니었다. 차일혁은 두 눈을 감고 염주를 굴리면서 생각했다.

그들은 누구일까? 내가 죽인 빨치산들일까? 그렇다면 그들은 왜 몸이 성한 상태일까? 부상병이라고는 보이지 않는 것일까?

차일혁은 부하들에게 사살한 빨치산들의 목을 작두로 자르라고 명령했던 게 떠올랐다. 부하들은 박달대장 박양식을 비롯한 세 명의 머리를 대나무 소쿠리에 담아 왔다. 빨치산들의 머리는 핏기라고는 찾아볼 수 없이 창백했다. 이튿날 빨치산들의 머리는 도경에 보내졌다. 목을 잘라 오지 않는 한 전과를 인정할 수 없다는 도경의 지시에 따른 것이었다.

꿈속의 빨치산들은 군복과 총기가 통일돼 있었다. 실제의 빨치산들은 총만 들었을 뿐 군대라기보다는 각설이패에 가까웠다. 군복도 제각각이어서 인민군복을, 국방군복을, 미군복을, 그도 아니면 작업복을 입고 있었다. 전투나 보급 투쟁 중에 노획한 것을 나눠 입고 다녔던 것이다. 철모는 고사하고 천모자조차도 겨울철이 아니면 쓴 사람보다는 안 쓴 사람이 많았다. 총기도 복장만큼이나 제각각이었다. 소련제 총기를 들고 있는가 하면 미군과 국방군이 쓰는 M-1이나 일본군이 썼던 아리사카 38식을 들고 있는 사람도 있었다. 적군에게서 뺏은 총기를 계급에 따라 적당히 나눠 가졌던 것이다.

특이한 것은 능선을 따라서 움직이는 광경이었다. 능선을 따라 걷지 말아야 한다는 것은 빨치산이라면 누구나 지켜야 하는 불문율이었다. 입대를 하면 곧바로 빨치산은 소리, 능선, 연기를 최대한 삼가야 한다는 내용의 교육을 받았다. 빨치산들은 능선에서 몇 발자국 아래의 비탈길을 주로 이용했다. 토벌대의 눈에 띄지 않기 위해서였다. 심지어 관목 숲을 걸을 때는 나뭇가지가 흔들리지 않도록 조심했고, 풀섶을 걸을 때는 풀이 쓰러지지 않도록 조심했다.

꿈속의 빨치산들은 서울을 점령했을 때의 인민군처럼 자신감이 넘치는 모습이었다. 제주도의 관공서까지 인공기를 꽂음으로써 인민해방전쟁에 승리했음을 선언한 뒤 잠시 기쁨을 누리기 위해 가두행렬을 하는 것만 같았다.

빨치산들의 발에 시선이 멈췄을 때 차일혁은 소스라치게 놀라지 않을 수 없었다. 빨치산들은 지하족地下足이라는 바닥에는 고무를, 발등 부분에는 천을 댄 일종의 작업화를 신었다. 설령 전투 중에 미군이나 국군으로부터 전리품을 얻어도 빨치산들은 전투화만은 가져가지 않았다. 산짐승처럼 온종일 산을 헤집고 다녀야 하는 까닭에 전투화는 거추장스러웠던 것이다. 하지만 인민군이 후퇴한 뒤에는 지하족이 귀해져서 빨치산 거개가 찢어진 고무신이나 헤진 짚신을 신고 있거나, 그도 아니면 맨발에 천을 칭칭 감고 다녀야 했다.

흙먼지가 이는 산길을 내려오는 빨치산들은 두 발이 없었다. 물 위에 뜬 수표水標처럼 빨치산들은 산길을 떠다니고 있었다. 그들의 걸음이 빠른 이유를 알 것 같았다. 안개에 지워진 것처럼 발목이 없는 빨치산들. 어쩌면 꿈속에서 본 그들은 죽어서도 산을 벗어나지 못하는 유령들인지도 모를 일이었다.

차일혁은 이현상의 시신을 발견했을 때를 떠올렸다.

이현상의 상의 주머니에서 염주가 나왔을 때 차일혁은 적이 놀라지 않을 수 없었다. 목에 걸면 배꼽까지 내려올 길이의 108주였다. 차일혁은 108주를 한 알씩 돌려 봤다. 손가락 끝에 진득한 게 느껴졌다. 피가 묻은 것이었다. 차일혁은 108주를 자신의 군복 바지에 문지른 뒤 두 손으로 고이 받쳐 들었다.

일부 빨치산들은 토벌대의 검문을 피하기 위해 승복을 입고 목에 염주를 걸고 다녔다. 그도 승려로 위장하기 위해 염주를 지녔던 것일까? 하지만 108주는 심난할 때마다 한 알씩 돌렸던 자신의 것만큼이나 손때가 묻어 반질반질 윤기가 흘렀다. 그도 이 108주를 시시때때로 돌리면서 번뇌를 없애기 위해 염불念佛을 했던 것일까? 생각이 거기까지 미치자 그가 외운 염불과 자신이 외운 염불은 같은 내용인지 다른 내용인지 자못 궁금해졌다.

입 밖으로 나무아미타불이라는 말이 저도 모르게 새어 나왔다. 부질없다는 생각이 들었다. 그의 넋은 이미 그 어떤 분별마저 초극한 세계에 있었다. 옳고 그르니, 옳지 않고 그르지 않느니 따지는 세계에 남은 것은 총 맞은 채 널브러져 있는 그의 몸뚱이뿐이었다.

이현상은 등에 총을 맞고 죽었다. 총알이 등에서 가슴으로 관통한 것으로 봤을 때 상당히 가까운 거리에서 총을 맞은 게 분명했다. 한 방의 총성과 함께 그는 들이킨 숨을 끝내 내쉬지 못했을 것이다. 등 뒤에 난 구멍이 이 세상의 흔적이라면, 가슴에 난 구멍은 저세상의 흔적이었다. 한 방의 총성이 들리고, 총알이 가슴을 뚫었을 때 그의 기억들도 남김없이 빠져나갔을 것이다. 일순간 아지랑이처럼 사라졌을 그의 기억 속에는 수차례 투옥된 뒤에도 변절하지 않았던 민족애, 바위처럼 굳은 공산주의에 대한 신념, 6.25전쟁 중에 북으로 올라간 처자식들에 대한 그리움, 그리고 산에서 만난 애

틋한 사랑도 있었을 것이다.

등에서 가슴으로 관통한 총상을 봤을 때 총을 쏜 게 아군이 아니라 빨치산일 수도 있다는 생각이 들었다. 이현상의 상의 주머니에는 염주 말고도 가래 한 쌍, 미제 손칼과 손톱깎이, 나침반과 수건, 수첩, 연필 한 자루가 들어 있었다. 이현상이 입고 있는 것은 사지바지로 불리는 미군에 지급되는 바지였다. 신발도 미군에게 지급되는 농구화를 신고 있었다. 복장만 보면 빨치산이 아니라 미군의 시신이었다. 미 제국주의와 싸우는 그조차도 미국의 군복을 입고 군화를 신고 있었다.

그의 수첩을 뒤적이다가 그가 지은 것으로 보이는 한시를 발견했다.

智異風雲當鴻動
伏劍千里南走越
一念何時非祖國
胞有萬甲心有血
지리산에 풍운이 일어 기러기 떼 흩어지니
남쪽으로 천 리 길 검을 품고 달려왔네.
오직 한뜻 한시도 조국을 잊은 적 없고,
가슴에는 철의 각오 마음속엔 끓는 피가 있네.

한시를 읽고 나니, 그의 마른 목에 난 여덟 발의 총상이 더욱 선명해 보였다. 목에 난 총상은 김용식 대장이 얼굴을 떼어 내려다가 실패해 남긴 것이었다. 가슴에 난 총상은 빨치산이, 다른 총상들은 국군이나 경찰이 쏜 것이었다. 그의 시신이 남북 양측으로부터 버림받았음을 입증하고 있었다. 오랜 세월 산에서 풍찬노숙風餐露宿해서였을까? 그는 나이에 비해 늙은 모습이었다. 굶주림의 나날의 흔적인 듯 기름기라고는 없는 살갗이 뼈에 달라붙어 있었다. 눈자위는 우묵하게 꺼진 반면, 광대뼈는 불룩하게 솟아 있었다. 북으로 간 동지들이 숙청당했다는 소식을 듣고서 그는 무엇을 했을까? 어쩌면 멍하니 허공을 응시하면서 염주를 돌렸을지도.

이마의 굵은 주름살들이 그가 누비고 다녔을 덕유산에서 지리산으로 이어지는 백두대간의 산등성이를 연상시켰다.

차일혁은 전투 중에서 죽은 빨치산들의 모습을 떠올렸다.

총에 맞아 얼굴에 피범벅을 한 사람, 수류탄에 맞아 한 팔이 떨어져 나간 사람.

꿈속에서 본 빨치산들은 이목구비가 확실하지 않았다. 검은 실루엣만 있을 뿐 낯바닥이 어떻게 생겼는지 보이지 않았다.

"귀신이라서 그럴 테지. 귀신은 발이 없다지."

혼잣말 끝에 차일혁은 '불생불멸不生不滅 불구부정不垢不淨 부증불감不增不減 시고공중무색是故空中無色'이라는 『반야심경』의 한 구절을 읊조렸다.

소비에트연방공화국에서 부르는 진혼곡

— 1991년 10월경 모스크바

원경 스님은 이복 누나인 비비안나의 안내에 따라 모스크바의 한 공원묘지를 찾았다. 공원묘지의 한쪽에 주세죽의 묘소가 있었다. 원경 스님은 가사 위에 장삼을 수하고, 묘 앞에 섰다. 묘비에는 한 베라라는 이름이 쓰여 있었다. 한 베라는 그녀가 러시아에서 썼던 가명이었다. 베라는 신념이라는 뜻이었다. 원경 스님에게 주세죽은 아버지의 아내이니 어머니라고 할 수 있었다. 자신을 낳아 준 어머니는 아니었다. 주세죽에게는 박헌영 말고도 다른 남편이 있었다. 김단야. 그는 박헌영의 동지였다. 첫째 남편은 미국의 스파이로 몰려서 북한에서 처형당했고, 둘째 남편은 일본의 밀정으로 몰려서 소련에서 처형당했다.

원경 스님은 요령도 흔들지 않고 목탁도 치지 않은 채 염불을 시작했다.

나무 극락도사 아미타불

나무 관음세지 양대보살

나무 접인망령 인로왕보살

불보살을 염호 할 때 한 번씩 절을 올렸다. 이어서 창혼唱魂을 뽑았다.

사바세계 남섬부주 러시아 모스크바 공원에서 금일 코레예바의 천도재를 맞아 모스크바에 거주하는 행효자 박병삼, 로제따 비비안나 박 등 유족이 지극정성으로 법연을 마련하옵고 주세죽 영가의 왕림하심을 청하옵니다.

원경 스님은 영가의 이름을 코레예바와 주세죽 중 무엇으로 할까 고민하다가 천도재 앞에는 코레예바를, 영가 앞에는 주세죽을 붙였다. 코레예바는 조선 여자라는 뜻으로 그녀의 인생 중 가장 행복했던 시기에 썼던 이름이었다.

어릴 적 빨치산들을 따라다니면서 수많은 주검을 본 탓인지, 아니면 승려가 된 뒤 수많은 영가를 천도한 공덕인지 원경 스님은 언젠가부터 허공을 떠도는 고혼孤魂들의 환영을 볼 수 있었다.

하얀 저고리에 검은 치마를 입은 소녀가 예배당에서 피아노를 치고 있다. 찬송가의 곡조는 대하大河의 흐름처럼 유장하되, 햇빛을 받아 반짝이는 물비늘처럼 찬란하다.

양장을 입은 처녀가 상해 조계 마을의 한 학당에서 피아노를 치고 있다. 노래는 쇼팽의 에튀드 10번(Etude C minor Op.10 No.12) '혁명'이다. 쇼팽이 조국 폴란드의 민족 혁명이 러시아에 의해 잔혹하게 진압되었다는 소식을 접하고 지은 곡이다. 처녀의 왼손은 쓸쓸한 선율을 만들어 내고, 오른손은 비장한 선율을 만들어 낸다.

초로의 여인이 카자흐스탄 크질오르다의 한 아파트에서 의자에 앉아서 창문 너머 낙조를 바라보고 있다. 열어 둔 창문으로 모래바람이 불어온다. 두 눈을 감고 피아노 앞에 앉은 듯한 자세를 취하더니 그녀는 낮게 휘파람을 분다. 함경도 북청에서 사자놀음을 할 때 부르는 노래다.

돈돌라리 돈돌라리 돈돌라리요
시내 강변에 돈돌라리요

돈돌라리 돈돌라리 돈돌라리요
모래 산천에 돈돌라리요

별 뜻이 없는 노랫말을 흥얼거리다가 그녀는 혼잣말을 읊조린다. "내 고향 함흥은 여기서 얼마나 먼가?" 마른기침을 토한 뒤 그녀는 습관처럼 두 손을 입가에 가져간다. 게워 낸 피가래가 두 손바닥 위로 떨어진다. 그녀는 허망한 눈빛으로 창문 너머를 바라본다. 모래를 휩쓸고 가는 바람 소리를 들으면서 그녀는 두 눈을 감는다. 모래들이 흘러와서 발목을 옥죈다. 발을 빼려고 안간힘을 쓰지만 밀려오는 모래들이 그녀의 허리까지 차오른다. 그녀는 자신의 복부를 내려다본다. 자신의 자궁이 짐승의 뼈다귀들이 버려진 채 나뒹구는 사구沙丘의 언덕처럼 느껴진다.

"내 몸을 거쳐 갔던 두 남자, 차례대로 떠났다. 첫 번째 남자와의 사이에서 낳은 딸은 모스크바의 고아원에 버려두고, 두 번째 남자와의 사이에서 낳은 아들은 크질오르다의 황무지에 묻었다. 이제 남은 것이라곤 손대면 금세 부서질 것 같은 마른 몸뚱이뿐. 그 누구도 나를 찾아주지 않으니, 나 역시 누구도 기다리지 않을 수밖에."

이제 더 이상 그녀의 귓바퀴로 흘러드는 노래의 선율은 없다. 그저 나지막하게 읊조리는 자신이 넋두리만이 귓바퀴에서 모래알처럼 버석거릴 뿐.

원경 스님은 주세죽이 어떻게 살다 갔는지 알고 있었다. 그녀는 함경남도 함흥에서 여학교를 마친 후 상해로 유학을 갔다가 공산당 활동을 하면서 박헌영을 알게 되었다. 두 사람의 사랑을 맺어 준 것은 허정숙이었다. 박헌영과 함께 귀국하다가 일경에 피검되었다. 박헌영은 상해에서 공산주의 운동을 했다는 이유로 2년간 복역하게 되나, 주세죽은 증거 불충분으로 석방되었다. 박헌영이 출옥하자마자 두 사람은 결혼식을 올렸다. 주세죽은 조선여성동우회를 결성해 여성해방을 주창했고, 박헌영은 《동아일보》 기자로 재직하면서 공산주의 운동에 전념하였다. 1925년 4월 17일 조선공산당이 창립되고, 그 이튿날 전국의 젊은 공산주의자들이 종로구 훈정동에 있는 박헌영의 집으로 모여들었다. 피 뜨거운 18명의 젊은이는 고려공산청년동맹을 결성하기로 결의했고, 책임비서로 박헌영을 선출했다. 이날 회의에 유일하게 참여

한 여성이 주세죽이었다. 이와 별도로 주세죽은 경성여자청년동맹을 결성해 활동했다.

고려공산청년동맹이 결성된 지 7개월 후 한 청년의 어이없는 실수로 조직의 실체가 발각되었다. 신의주의 한 중국 음식집에서 청년들이 일경日警을 구타한 사건이 발생했는데, 한 청년의 품에서 고려공산청년동맹의 서류가 발견된 것이다. 박헌영은 일경에 체포돼 두 번째 감옥살이를 시작했다. 조선공산당 사건의 공판이 열리자 박헌영은 동지들이 보이지 않는 것을 알았다. 고문으로 동지들이 죽었음을 알아차린 그는 재판장이 개정을 선언하자마자 자리에서 일어나 재판석으로 뛰어나갔다. 그는 쓰고 있던 안경을 벗어 던지고 "피고인들 중 몇 사람이 보이지 않으니 그들을 찾아내라. 우리의 행위는 조선의 민족 해방과 정의의 실현을 위한 것이므로 무죄"라고 말했다. 그날 이후 재판은 비공개로 진행됐다. 주세죽이 할 수 있는 일이라고는 음식을 싸 갖고 면회를 가는 것밖에 없었으나, 이조차 형무소는 불허했다.

박헌영이 감옥에서 미쳤다는 소문이 돌았다. 그가 정신이 이상해진 나머지 똥을 먹었다고도 했다. 두 번이나 자살을 기도한 뒤에야 박헌영은 재판부로부터 정신 이상 판정을 받고 병보석으로 출옥될 수 있었다. 출옥 후 박헌영은 주세죽의 간병을 받으며 요양했다. 예산군 신양리 고향 집, 안변 석왕사, 주을온천 등지에서 요양했고, 이때 부부는 아이도 갖게 되었다. 주세죽의 해산을 앞두고 부부는 처가가 있는 함경남도 함흥으로 갔다. 부부는 일경의 감시를 피해 국경을 넘었다. 떠나는 만삭의 딸과 파리한 사위에게 주세죽의 어머니는 두 손을 흔들면서 기약 없이 이별했다. 부부의 탈출 소식은 신문에 보도됐다. 함흥경찰서 간부들이 징계 처분을 받았다는 내용이었다. 밀항선을 타고 블라디보스토크로 건너간 부부는 시베리아 횡단 열차에 몸을 실었다. 덜컹대며 흔들리는 열차 안에서 주세죽은 딸을 낳았다. 박헌영은 딸의 이름을 영影이라고 지었다. 로제따 비비안나 박이라는 러시아 이름도 지었다.

모쁘르(국제혁명가구원회)의 후원을 받아 부부는 어린 딸을 데리고 흑해 연안의 휴양지 세바스토폴에서 휴식을 취하기도 했다. 푸른 바다가 내려다보이는 언덕의 요양소에서 부부는 따사로운 햇빛과 선선한 바람을 맞으며 참혹했던 서대문형무소의 기억을 잊었다.

모스크바로 돌아온 뒤 주세죽은 동방노력자공산대학에 입학했고, 박헌영은 국제레닌대학에 입학했다. 주세죽의 인생에서 가장 행복한 시기였다. 여름날에 불어오는 선뜻한 바람이나 겨울날에 내리쬐는 따스한 햇볕처럼 귀하고 소중해서 더욱 감질나고 아쉽게 여겨지는 나날은 그렇게 지나갔다.

부부는 조선공산당 재건의 사명을 띠고 상해로 가야 했다. 네 살의 비비안나는 스타소바 육아원에 맡겨졌다.

이듬해 박헌영은 다시 체포되었고, 주세죽은 일정 기간 상해에 체류하다가 김단야와 함께 소련으로 돌아왔다. 주세죽은 박헌영의 생환을 기대할 수 없었다. 박헌영은 병보석 기간 중 해외로 탈출한데다가 조선공산당 재건 시 최고 수뇌부의 한 사람이었다. 의지할 데 없는 주세죽과 김단야는 자연스럽게 부부가 되었다. 그녀는 동방노력자공산대학에서 다섯 달가량 공부한 뒤 외국인 노동자 출판부에서 교정원으로 일할 수 있었다. 이 일자리도 김단야가 소개시켜 준 것이다. 주세죽은 모국어를 잊은 딸을 보육원에서 만날 때마다 자신의 품에서 키우지 못한다는 자괴감에 남몰래 눈물을 훔쳤을 것이고, 박헌영이 살았는지 죽었는지, 제정신인지 미쳤는지 모르는 상황에서 김단야와 살림을 차렸다는 죄책감에 새벽녘 악몽에 깨어나 한숨을 내쉬어야 했을 것이다. 이러한 생활도 오래가지 못했다.

김단야는 소련 내무인민위원회 요원들에게 끌려갔다. 김단야의 혐의는 간첩 및 테러 조직 창설죄였다. 서울파 공산주의자인 이성태가 김단야가 일제의 밀정이라는 내용의 투서를 넣은 것이었다. 고려공산청년동맹 사건 때에도, 상해 조선공산당 재건 사건 때에도 체포되지 않은 게 투서의 빌미가 됐다.

당시 모스크바의 담벼락에는 공개 처형을 알리는 벽보가 공연을 알리는 벽보보다도 흔했다. 반당 혐의로 붙잡힌 사람은 대중이 모인 공원에서 재판 없이 총살됐다. 간부가 죄상을 읽고 구령을 하면 그 구령에 맞춰 요원들이 총을 든 뒤 방아쇠를 당겼다.

주세죽의 배 속에는 김단야와의 관계에서 생긴 아이가 자라고 있었다. 주세죽은 사내애를 낳고 비탈리아 김이라고 이름 지어 줬다. 비탈리아가 태어난 지 3개월, 주세죽은 김단야가 돌아오기만 기다렸으나 집 대문을 두드린 것은 내무인민위원부 국가보안총국 경찰들이었다. '조국을 배신한 자들의 가족의 연대책임에 관한 법률'에 의거해 주세죽은 5년의 유배형을 받아야 했다. 일종의 연좌제였다. 카자흐스탄 크질오르다에 도착하자마자 그녀는 열병을 앓던 갓난애를 땅에 묻어야 했다.

이후 그녀는 딸 비비안나가 있는 모스크바로도, 남편 박헌영이 있는 조선으로도 돌아오지 못했다. 천형天刑의 유배지에서 젖을 물려도 좀처럼 젖을 먹지 못하더니 힘없이 모가지가 꺾이고, 불덩이처럼 뜨겁던 몸이 천천히 식어 가던 비탈리아를 묻는 악몽만을 되풀이해서 꿀 뿐. 비탈리아를 묻으면서 그녀는 자신의 이상도 함께 묻어야 했을 것이다. 남은 생애는 그저 크질오르다의 뜻대로 붉은 유랑민으로 살아야 할 운명이었다.

1943년 5월 형기가 만료됐음에도 불구하고 그녀는 크질오르다 지역을 벗어날 수 없었다.

1953년 주세죽은 박헌영이 미제 간첩으로 체포됐다는 신문 기사를 비비안나에게 전해 주려고 모스크바로 오다가 지병인 폐결핵이 악화됐다. 간신히 비비안나의 집을 찾았으나 비비안나는 외국 공연 중이어서 만날 수 없었다. 주세죽은 사위의 품에서 숨을 거뒀다.

영가는 살아생전 그토록 꿈꿨던 무산계급을 위한 나라 소비에트 사회주의 공화국 연방에 묻혔다. 영가에게 소련은 두 남편과 살았던 곳이고, 아빠가 다른 두 아이를 낳은 곳이고, 두 번째 남편이 처형당한 곳이고, 딸과 언제 만날 것인지 기약도 없이 이별한 곳이고, 갓난애 아들의 열꽃 핀 시신을 묻은 곳이었다. 영가에게 소련은 가장 행복한 나날을 보낸 천국인 동시에 가장 무서운 나날을 보낸 지옥이었다.

주세죽은 박헌영을 만나기 전까지 독실한 기독교 신자였다. 박헌영을 만난 뒤 이 세상을 구원하러 온 구세주가 마르크스라고 믿게 되었다.

유물론자인 아버지는 자신의 아들이 승려가 될 것이라고 상상이나 했을까? 원경 스님은 창혼을 마치면서 생각했다. 초상집에 조문하면서 곡하는 사람은 제 신세가 처량해 우는 것. 외로운 넋들을 천도하는 승려가 제 설움에 겨워 눈시울을 적셔서는 안 될 일이었다.

염불이 끝나 갈 때 원경 스님은 영가의 이름을 떠올렸다. 세죽世竹, 이 세상의 대나무. 대나무는 백 년에 한 번 꽃을 피운다고 했던가? 그녀가 피우고자 한 꽃이 무엇일까? 그건 아마도 그녀의 또 다른 이름 베라, 즉, 신념이었을 것이다. 그 꽃을 피우기 위한 그녀는 상처투성이 몸뚱이로 염전을 뒹구는 것만큼이나 쓰라린 삶을 살아야 했다.

하늘에 가까이 더 다가가기 위해 층층이 마디를 올리는 대나무처럼 그녀는 언제 피어날지도 모르는 허공의 꽃을 피우기 위해 모질고 거센 바람을 견디며 울음을 삼켜야 했을 것이다. 어린 딸과 생이별을 하고 갓 태어난 아들의 시신을 땅에 묻으면서 그녀는 자신의 두 눈에서 흐르는 것이 피가 아니라 물이라는 것이 믿기지 않았을지도 모른다. 고된 노역을 마치고 침대에 녹초가 된 몸을 뉘어도 마음은 가눌 수 없이 휘청거리고, 간신히 눈을 붙여도 꿈속의 방은 컴컴한 무덤 속이어서 썩어 가는 자신의 시체에서 흘러나온 썩은 물만이 고였으리라.

염불을 마치자 비비안나가 준비해 온 꽃바구니를 비석 앞에 놓았다. 비비안나의 쌍둥이 외손녀들이 삭발하고 승복을 입은 원경 스님이 염불하는 모습이 낯설면서도 재밌는지 로로로, 흉내를 내면서 키득거렸다.

비비안나의 집은 방 하나, 거실 하나가 있는 17평 아파트였다. 이러한 집을 흐루숍카라고 했다.

비비안나의 집으로 돌아온 뒤 원경 스님은 비비안나의 사진첩을 봤다. 박헌영과 주세죽의 사진은 주세죽이 일생의 대부분을 보낸 유형지인 크질오르다의 집에서 가져온 것이었다. 박헌영의 사진이 눈에 들어왔다.

사진 뒤에는 러시아어가 쓰여 있었다. 원경 스님이 "무슨 뜻이냐?"고 묻자 쇠 부딪치는 소리 같기도 하고, 불어난 냇물이 바위에 부딪히는 소리 같기도 한 러시아말로 비비안나가 대답했다. 통역관이 한국말로 통역해 줬다.

"나의 딸에게 사진을 보낸다. 1946년 4월 24일 서울에서

너의 아버지 박헌영. 이춘."

이춘은 박헌영의 가명 중 하나였다. 비비안나가 보육원에서 있을 때 받은 사진이었다. 편지를 받은 뒤부터 보육원에서 대접이 달라졌다는 말을 덧붙이면서 비비안나가 엷게 웃었다. 원경 스님은 흑백사진을 내려다보았다.

벽을 뒤로 한 채 금테 안경을 쓰고 양복에 넥타이를 맨 그가 두 손을 가지런히 모으고 의자에 앉아 있다. 그의 앞에는 책상이 놓여 있고, 책상 위에는 데이지 같기도 하고 금잔화 같기도 한 화분이 놓여 있다. 빛이 바래서인지 흑백사진의 배경에는 안개 같은 게 서려 있다. 정면을 응시한 그의 표정이 어딘지 모르게 우울해 보이기도 하고, 초탈해 보이기도 한다. 깊은 상념에 잠겼는지, 아니면 상념을 떨쳐 버렸는지 분간하기 어려운 무심한 표정이다.

원경 스님이 보기에 사진의 배경은 서울 명륜동에 소재한 김해균의 집이었다. 당시 김해균의 집은 남로당의 아지트로 쓰였다. 박헌영과 김해균의 인연을 맺어 준 것은 조봉화였다. 조봉화는 원경 스님에게 고모였다. 고모는 개가改嫁 전 할머니와 할아버지의 사이에서 태어났다. 박헌영과 조봉화는 남매이지만 아버지가 달랐다. 열다섯 살 때 조봉화는 비구니가 되기 위해서 서울 보문동에 소재한 탑골승방이라는 사찰로 떠났다. 그런데 탑골승방을 찾은 한 신도가 조봉화를 수양딸로 삼았다. 수양어머니는 권번을 운영했던 터라 조봉화는 비구니가 아닌 기녀로 자랄 수밖에 없었다. 조봉화의 머리를 올려 준 사람은 호남의 만석지기인 김병순이었다. 김해균은 김병순이 본처와의 사이에서 낳은 아들이었다. 김병순과의 사이에서 조봉화는 아들과 딸을 낳았다. 아들은 김제술, 딸은 김소산이었다. 원경 스님에게는 사촌 형과 사촌 누나였다. 사촌 형인 김제술은 나중에 출가했는데 법명이 한산寒山이었다. 한산 스님은 원경 스님의 보호자 역할을 했다.

원경 스님은 김해균의 집에서 아버지를 뵌 적이 있었다. 어린 아들이 집무실에 들어가면 아버지는 물끄러미 내려다보곤 했다. 책상 앞에 다가서면 아버지는 어린 아들을 안아 줬다. 아버지는 어린 아들이 책상 근처에 오지 못하도록 했다. 책상에는 서류들이 수북이 쌓여 있었고, 아버지는 책상에 앉아 무언가를 쓰고 있었다.

비비안나가 아버지가 보낸 편지를 보여 줬다. 편지는 러시아어로 쓰여 있었다. 비비안나가 편지를 읽었다.

사랑하는 딸 비보치카,

머나먼 조선에서 안부를 전한다.

네 소식을 전해 듣고 무한히 기뻤다. 15년 전에 너를 보육원에 두고 온 아버지를 용서해라. 네 기억을 잊지 않기 위해 네 사진 한 장을 여전히 보관하고 있다. 나는 벌써 46세가 되었다. 세파에 얼굴에 많은 주름이 생겼으나, 난 여전히 건강하다. 너도 이제 성장했으니, 내가 왜 모스크바를 떠났는지 짐작하리라고 본다. 우리가 헤어지고 난 후 나는 대부분의 시간을 감옥에서 보냈다. 지금 서울에서는 조선의 임시 민주정부의 수립을 지원하기 위한 소미공동위원회가 개최되고 있다. 나는 지금까지 네 어머니의 소식을 모르고 있다. 너는 알고 있는지. 예전에는 몸이 좋지 않았는데 지금은 괜찮은지 궁금하구나. 내가 살고 있는 서울에 오고 싶다면 언제든 오거라.

여기까지 읽고서 비비안나의 목소리가 떨렸다.

편지를 쓴 시점에 박헌영은 조선공산당 총비서였다. 남한에 살 때여서 원경 스님도 아버지를 몇 차례 뵐 수 있었다. 자신은 두 차례 본 것으로 기억하는데, 한산 스님은 여섯 번을 봤다고 했다.

비비안나가 말을 이었다.

"내가 아버지의 존재를 안 건 열여덟 살 때야. 박헌영이 모스크바에 온다는 소문을 듣고서 몇몇 한인들이 내게 '그분이 네 아버지'라고 말해 줬어. 그리고 어머니가 편지를 보냈는데,《프라우다》신문 기사가 동봉돼 있었어. 기사 중 박헌영이라는 이름에 밑줄이 그어져 있었어. 편지에는 조선공산당 총비서가 네 아버지라는 내용이 쓰여 있었고. 그래서 박헌영이 내 아버지인 줄 알았지. 아버지에게 편지를 받은 건 모이세예프 민속무용학교 3학년 때야. 편지 겉봉에 소련공산당 중앙위원회 서기국이라고 쓰여 있고, 비밀이라는 붉은 도장이 찍혀 있었지. 나는 곧바로 아버지께 답장을 썼지. 그해 7월 아버지를 만났어. 당국에서 정해 준 별장에서 3일간 아버지와 함께 보낼 수 있었지. 처음에는 쑥스러워서 그랬는지 나는 '아빠'라는 말이 나오지 않았어. 아버지의 동료 한 분이 내게 '아버지의 양복 단추가 떨어졌으니 단추를 달아 드려라.'라고 말했던 게 기억나. 아마도 아버지의 동료들조차 내가 아버지께 친근하게 대하지 않는 게 어색했던 모양이야. 아버지는 내게 금반지와 작은 다이아몬드 반지를 선물로 주고 갔어. 언젠가 너무 배가 고파 금반지를 팔아서 빵을 사 먹었어. 다이아몬드 반지는 지금껏 끼고 있어."

비비안나는 왼손 약지에 끼워져 있는 다이아몬드 반지를 보여 줬다. 원경 스님은 아버지가 어머니(정순년)에게 다시 만날 것을 약속하면서 직접 손가락에 끼워 줬다는 민들레 문양이 새겨진 쌍가락지 생각이 났다.

비비안나가 사진첩을 넘기더니 아버지와 단 둘이 찍은 사진을 보여 줬다. 비비안나가 박헌영보다 더 커 보였다. 아마도 비비안나는 서 있고 박헌영은 앉아 있거나, 박헌영의 무릎에 비비안나가 앉아 있는 듯했다. 비비안나는 한복 저고리를 입고 있고, 박헌영은 양복에 넥타이를 맨 차림이었다. 두 사람은 해맑게 웃고 있었다.

"이 사진이 아버지가 모스크바에 방문했을 때 찍은 사진이야. 그런데 이상하게도 모스크바에 왔을 때 아버지는 어머니의 근황을 묻지 않았어. 하지만 어머니는 나중에 아버지를 만났던 얘길 했더니 '내 소식을 묻지 않더냐?'라고 물었지. 나는 아무 말도 할 수 없었어."

비비안나의 말을 듣고 나니 원경 스님은 박헌영이 주세죽이 유배형을 받았다는 것을 언제 알았으며, 그 사실을 알고서 어떠한 조치를 취했는지 궁금해졌다.

"큰어머니께서 누나를 자유롭게 보기 시작한 것이 언제죠?"

비비안나는 잠시 생각에 잠겼다.

"어머니가 돌아가시기 직전 3년 동안은 종종 모스크바에 오셨어. 지금 생각해 보니 그 시기가 박병석 오빠가 모스크바에 유학을 온 직후부터인 것 같아."

비비안나는 사진첩을 뒤적이다가 사진 한 장을 꺼내서 원경 스님에게 건넸다. 박병석 부부와 주세죽 모녀가 함께 찍은 사진이었다. 비비안나는 사진을 찍은 게 1951년경이라고 회고했다.

박병석은 원경 스님의 사촌 형이었다. 원경 스님은 1945년부터 1950년까지 큰아버지와 큰어머니 밑에서 자랐다. 큰아버지는 사촌 형이 모스크바에 유학 갔다고 말했다. 원경 스님이 큰아버지를 마지막으로 본 건 1954년이었다. 큰아버지는 뚝섬에서 좌판에 푸성귀를 펼쳐 놓고 장사를 하고 있었다. 반가워서 얼른 달려가고 싶었으나, 옆에 서 있던 한산 스님이 가지 못하게 옷자락을 잡았다. 북한에 갔을 것이라는 소문과 달리 큰아버지는 남한에 있었지만, 고향에는 감히 내려올 수 없었던 것이다. 이후 큰아버지가 어떻게 살다 갔는지는 그 누구도 알지 못했다.

비비안나의 기억을 종합해 보면, 박헌영이 조카인 박병석에게 병든 주세죽을 돌봐 달라고 부탁한 게 분명했다.

비비안나가 말을 이었다.

"박병석 오빠가 모스크바에 유학을 오기 전까지는 어머니가 모스크바에 오는 게 쉽지 않았겠지. 크질오르다에서 모스크바까지 오려면 사흘이 꼬박 걸리는데다가 어렵게 모스크바에 온다고 해도 내가 기숙사 생활을 했던 터라 어머니는 묵을 곳이 없었지. 어머니에게서 들은 말로는 1946년 7월쯤 이전보다 근무 여건이 좋은 방직공장에서 일할 수 있었다고 해. 그 공장에서는 어머니가 휴가 기간에 한해 나를 만나러 모스크바에 가는 것을 허락했다고 하고."

원경 스님은 대략 알 것 같았다. 박헌영은 모스크바에 방문한 뒤에야 주세죽의 근황을 상세히 알 수 있었을 것이다. 주세죽이 김단야와 결혼했고, 김단야가 일제의 밀정 혐의로 총살당했고, 주세죽은 유배형을 받았다는 것을. 스탈린 정부의 지시로 1937년 18만 명의 조선인이 중앙아시아로 이주했고, 일본 밀정 혐의로 2,500명이 처형됐다는 것을 박헌영이 모를 리 없었다. 하지만 주세죽을 유배지에서 나올 수 있게 하는 것은 박헌영의 권한 밖이었다. 어쨌든 박헌영에게 스탈린은 유일하게 믿고 따라야 하는 코민테른의 지도자였을 테니 그저 흘러간 일이라고 떨쳐 버릴 수밖에 없었으리라. 조선공산당 총비서 신분이었던 까닭에 박헌영은 자신을 둘러싼 소문이 부담스러울 수밖에 없었다. 김단야와 주세죽의 관계는 숨기고 싶은 얘기 중 하나였을 것이다. 박헌영이 가장 숨기고 싶은 것은 하우스키퍼인 정순년과의 사이에서 태어난 아들의 존재였을지도 모르겠다.

 그렇다고 해서 박헌영이 어려운 처지에 있는 주세죽을 모른 척한 것은 아니었다. 주세죽이 그나마 조금이라도 근무 여건이 좋은 방직공장에서 일하고, 휴기 기간에 딸을 만날 수 있었던 것은 박헌영이 소련 당국에 사회적 위험 분자에게 베풀 수 있는 최대한의 배려를 요청했기 때문일 것이다.

 사진첩을 넘기다가 원경 스님은 다른 사진에 눈이 멎었다. 벤치에 나란히 박헌영과 주세죽이 앉아 있는 모습이다. 박헌영은 병색이 완연했으나 옷차림만은 말쑥했다. 반팔 와이셔츠에 신사복 바지, 구두를 신고 있었다. 주세죽은 하얀 색 한복을 입고 있었다. 두 사람의 얼굴에서 평온함을 읽을 수 있었다. 그 사진 옆에 양장 차림의 박헌영과 주세죽이 나란히 앉아 있고, 주세죽이 어린 비비안나를 안고 있는 모습의 사진이 놓여 있었다. 박헌영은 국제레닌학교에, 주세죽은 동방노력자공산대학에 다닐 때였다. 부부의 모습이 실로 평온해 보였다.

 비비안나가 사진첩을 들더니 북한에서 치러진 박헌영과 윤레나의 결혼식 사진들을 찾아서 보여 줬다. 윤레나는 남로당 간부 조두원의 처제로 박헌영의 비서로 일하다가 부부가 되었다. 스물다섯 살의 윤레나는 한눈에 봐도 썩 미인이었다. 첫 번째 사진은 흰색 양복을 입고 흰색 모자를 쓴 김일성이 박헌영에게 꽃다발을 건네는 것이었다. 두 번째 사진은 여러 사람이 건배하는 모습이었다. 중앙에 박헌영과 윤레나, 김일성이 보였고, 외진 곳에 서 있는 비비안나의 모습이 보였다. 세 번째 사진은 피로연장으로 이동하는 박헌영과 북한 초대 소련 대사인 스티코프, 김일성, 김두봉의 모습이었다. 네 번째 사진은 스티코프가 신부인 윤레나에게 꽃다발을 전하고, 신랑인 박헌영이 흐뭇하게 웃는 모습이었다. 마지막 사진은 박헌영과 윤레나, 비비안나가 함께 찍힌 모습이었다. 박헌영이 서 있고, 윤레나와 비비안나가 나란히 앉아 있었다.

비비안나가 회상에 잠긴 표정을 짓다가 입을 뗐다.

"1948년에 아버지로부터 두 번째 편지를 받았어. 조선의 사정을 간단히 설명하면서 내년 여름에 평양으로 오라는 내용이었어. 수신인은 박지헌이라는 가명이었어. 1949년에 아버지가 시킨 대로 나는 모이셰프 민속무용단과 함께 평양에 갔어. 아버지와 김일성 앞에서 공연했어. 아버지는 나를 매일 이런저런 모임에 데리고 다녔지. 북한에서 같이 살자고 했어. 하지만 나는 한국어를 전혀 몰랐고, 러시아 민속무용으로 이름을 알리고 있는 터라 공부를 계속하겠다고 했어. 아버지는 조선인들의 평범한 삶을 보여 주겠다며 시골을 데리고 가기도 했어. 조선의 초가집을 보면서 아버지는 조선이 민주사회가 되길 바란다고 말했지. 하루는 아버지가 '재혼을 하려고 하는데 네 생각은 어떻냐?'고 물었고, 나는 '아버지가 사랑하는 사람이라면 좋다.'고 답했어. 김일성의 집에 초대되기도 했지. 아버지는 김일성의 거처에서 멀지 않은 특별 가옥에서 생활했어. 내가 평양에 머물 때 아버지가 결혼식을 치렀어. 아버지도, 새어머니도 행복해 보였어. 조선공산당 간부들이 모두 축하해 줬지."

비비안나의 말을 듣다 보니 원경 스님은 자신도 모르게 질투가 났다. 그래도 비비안나는 아버지에 대한 추억이 있구나, 하는 생각 때문이었다.

원경 스님은 해방 직후 큰아버지인 박지영의 집에서 살았다. 박지영 부부는 쌀집을 했다. 돌이켜 보면 쌀집은 위장용이었다. 큰아버지 집의 바로 옆집에는 김삼룡 부부가 살았다. 김삼룡 부부도 쌀과 반찬거리를 팔고 있었다. 두 집 사이에는 작은 문이 있어 서로 드나들 수 있었다. 원경 스님은 어릴 적 봤던 사람들을 기억했다. 얼굴이 넓적한 김삼룡, 몸이 마르고 곧잘 안경을 벗었다 썼다 했던 이주하, 눈이 부리부리하고 콧대가 높았던 이현상, 얼굴이 희고 입술이 작은 김소산……. 그리고 그 무리 가운데 있던 박헌영. 어렴풋하게 떠오르는 기억은 박헌영이 의자에 앉아 물끄러미 자신을 바라보는 모습이 전부였다.

원경 스님은 잃어버린 사진 한 장이 떠올랐다. 1946년 2월경 찍은 사진이었다. 사진 속에는 박헌영과 박헌영을 따르던 김삼룡, 정태식, 이주하, 이관술, 이순금, 이현상, 한산 스님 그리고 어린 원경 스님의 모습이 담겨 있었다. 한산 스님은 곧잘 그 사진을 꺼내서 사진 속의 인물을 기억하느냐고 묻고는 했다. 안타깝게도 1979년경 그 사진을 분실했다.

비비안나가 사진첩을 넘기더니 한 장의 사진을 손가락으로 가리켰다. 사진은 비비안나가 여자애를 안고 있고 한 러시아 여자가 남자애를 안고 있는 모습이다.

"1951년에 새어머니인 레나가 딸인 나타샤를 데리고 모스크바로 왔어. 둘째 아이를 낳기 위해서였지. 둘째 애는 남자애였는데, 이름이 세르게이였지. 사진 속의 여자는 러시아인 유모야. 레나는 출산하고서 몸을 추스른 후 내게 김일성과 아버지의 사이가 나빠졌다고 알려 줬어. 아버지가 딸 이름을 나타샤라고 지은 이유는 『전쟁과 평화』의 주인공을 좋아했대."

비비안나가 한숨을 쉰 뒤 말을 이었다.

"나타샤와 세르게이가 살았는지 죽었는지도 확인할 수 없으니…… 내가 딸 이름을 나타샤로 지은 건 이복동생이 그리웠기 때문이야."

원경 스님은 말없이 비비안나의 손을 잡았다. 비비안나의 마음을 돌리기 위해 원경 스님은 사진첩을 넘겼다. 아시아계 젊은 남녀들의 단체 사진이 눈에 들어왔다. 김단야, 박헌영, 양명이 첫 번째 줄에 나란히 바닥에 앉아 있고, 둘째 줄에 주세죽이 팔짱을 낀 채 의자에 앉아 있었다.

젊은 남녀들은 모두 한껏 멋을 부린 모습이다. 그들은 모두 이제 이 세상에 있지 않았다. 하지만 희미한 사진 속에서는 언제나 피 끓는 젊은이였고, 가슴에는 무산계급의 혁명에 대한 열망이 가득 차 있었다. 사진 속에서 그들은 언제까지나 젊은 혁명가들이었다.

원경 스님은 모스크바의 식당에서 비비안나의 가족과 함께 저녁 식사를 했다. 저녁 자리에는 누나인 비비안나와 매형인 마르코프, 조카인 나타샤 부부와 쌍둥이 딸이 함께 앉았다. 식탁에는 팬케이크인 블리니(블린), 꼬치구이인 샤슬릭, 만두인 펠메니 등 러시아 음식들이 올려졌다. 흑빵을 먹을 때는 아버지와 주세죽 여사도 이 빵을 먹으면서 모스크바에서 살았겠구나, 하는 생각이 들었다. 마르코프가 보드카를 건네서 마셔 보니 독주였다. 식사 자리에는 통역사도 함께했다. 가족의 석찬 자리라고는 하나 주고받는 말을 통역해 줄 사람이 필요했다.

비비안나는 1951년 마르코프와 결혼했다고 했다. 마르코프는 화가답게 자유로운 영혼을 지닌 듯했다. 전형적인 러시아 슬라브족 남자의 외모였다. 원경 스님이 "매형과 어떻게 만났느냐?"고 묻자, 비비안나는 "모스크바국립대에서 역사학 강의를 듣는데, 마르코프가 항상 지각해 자리를 맡아 준 게 인연이 됐다."고 답했다. 당시는 비비안나가 북한에 다녀온 해였다. 박헌영이 북한에서 같이 살자고 했을 때 비비안나가 왜 거절했는지 알 것 같았다. 이미 둘은 열애에 빠져 있었던 것이리라. 돌이켜 보면 비비안나가 북한에 남지 않은 것은 천만다행인 일이었다. 만약 북한에 남았다면 이복동생들처럼 생존 여부도 확인할 수 없었을 것이다.

원경 스님은 마르코프에게 "누나의 어떤 점이 마음에 들었냐?"고 묻자 마르코프는 "비비안나는 러시아 슬라브족 여인에게는 없는 신비로움이 있었다. 연애할 때는 물론이고 결혼한 뒤 40년 동안 비비안나는 거짓말을 한 적이 없다."고 말했다.

마르코프는 "우리가 결혼하려고 할 때 공산당 중앙위원이 나를 찾아와 비비안나와 결혼하지 말라는 충고를 했다. 그런데 결혼 후에는 이렇다 할 통제 같은 건 없었다."고 덧붙였다.

"스탈린이 죽었을 때 이제 세상이 망하는 게 아닌가 하는 생각이 들었어. 지금 생각해 보면 만약 스탈린이 죽지 않았다면 아버지가 미제의 간첩으로 몰려 죽은 후 나도 처형당했을지도 모르지. 스탈린 시대 때 모든 보도는 통제됐고, 인민들은 지상낙원이 멀지 않다고 생각했지."

비비안나가 말끝에 몸서리를 쳤다. 그리고는 원경 스님을 빤히 쳐다보면서 물었다.

"만약 아버지가 북한이 아니라 남한에 남았다면 더 오래 살지 않았을까?"

원경 스님은 대답 없이 마르코프가 따라 준 술잔을 비웠다. 목구멍이 타는 것 같던 첫 잔과 달리 이번 잔은 달았다.

어디 스탈린뿐이겠는가? 남한에서도, 북한에서도 지상낙원의 건설이 멀지 않다고 선전하기는 마찬가지였다. 박정희 대통령이 죽었을 때 촌부들은 황토에 얼굴을 묻고 땅을 치면서 통곡했다. 더 심각한 것은 북한이다. 김일성 수령은 아들인 김정일에게 권력을 세습하려고 준비하고 있었다.

"아버지가 남한에 남았다면 더 오래 살지 않았을까?"라는 비비안나의 막연한 기대는 당시 남한 사회를 모르고 하는 소리였다. 전쟁 후 김일성은 북한 내 남로당파, 연안파, 소련

파를 차례대로 제거했지만, 남한에서는 전쟁 전에 이미 김구, 여운형 등 이승만의 정적들이 차례대로 암살당했다. 미군정 상황에서 가장 먼저 공격 대상이 된 것은 박헌영이 이끄는 남로당이었다.

1946년 3월 20일 서울에서 제1차 미소공동위원회가 개최되면서 남한 내 우익과 좌익의 대립은 극단에 치닫기 시작했다. 미소공동위원회의 미국 대표는 A. V. 아놀드 소장이, 소련 대표는 T.E. 스티코프 중장이 맡고 있었다. 소련 대표는 남북임시정부의 내각까지 짜 놓고 있었다. 스티코프가 작성한 남북임시정부 내각 안은 아래와 같았다.

수상 여운형

부수상 박헌영, 김규식

외무상 허헌

내무상 김일성

주요 장관

김무정, 김두동, 오기섭, 홍남표, 최창익.

6개 장관 미국 추천 인사

소련이 여운형을 임시정부의 대표로 지목한 것은 남북임

시정부의 성격을 부르주아 민주주의 정부로 판단했기 때문이다. 그런가 하면 부수상을 박헌영으로 지목한 이유는 점진적으로 조선을 적화赤化하려는 의도였다. 이 내각 안에서 가장 눈에 띄는 대목은 김일성을 내무상으로 지목했다는 것이다. 이는 소련이 김일성이 북한 지역 지도자로는 적격이지만, 남북 전체의 지도자로는 역부족이라고 평가했다는 방증이었다.

미소공동위원회가 휴회한 지 오래지 않아 서울 주재 소련 영사관이 철수할 의사를 밝혔다. 미군정이 평양에 미국 영사관을 세워 주지 않는 이상 서울 주재 소련 영사관을 철수하라고 요구했던 것이다. 미소공동위원회의 폐기와 소련 영사관 철수로 인해 조선공산당은 점차 입지를 잃어 갔다.

조선정판사 위폐 사건으로 인해 조선공산당은 불법 단체로 규정됐다. 1946년 5월 15일 미군정 경찰청장 장택상은 조선정판사 위폐 사건의 배후로 조선공산당을 지목했다. 일본인 소유의 건물이던 근택빌딩 1층에는 일제강점기 시절 조선은행권을 인쇄하던 근택인쇄소가 입주해 있었다. 적산 관리법에 따라 미군정으로부터 근택빌딩을 불하받은 조선공산당은 인쇄소 이름을 조선정판사로 고치고 기관지인 《해방일보》를 발행했다. 사건의 발단은 일제강점기부터 지폐 인쇄를 해 왔던 김창선이 100원권 징크판 2개조를 빼돌리면서부터 시작됐다. 김창선은 빼돌린 징크판을 양승구에게 팔았는데, 그 시점은 조선공산당이 근택빌딩에 입주하기 전이었다. 양승구는 독립촉성중앙협의회(독촉) 관계자로서 독촉 사무실에서 위조지폐를 인쇄했으나 제대로 된 위폐를 만들 수는 없었다. 양승구는 징크판을 다른 사람에게 팔려고 하던 중 중부경찰서에 덜미가 잡히고 말았다. 경찰은 독촉 관계자들이 위폐를 만들려고 했다는 사실보다는 징크판이 조선정판사 기술과장인 김창선에게서 나왔다는 사실에 주목했다.

미군정으로부터 비호를 받던 조선민족청년단은 정판사 위폐 사건을 계기로 조선공산당에 대한 테러에 열을 올렸다. 결국 조선공산당은 근택빌딩에서 쫓겨나 남대문 앞 일화빌딩으로 거처를 옮겨야 했다. 미군정은 박헌영, 이주하, 이강국 등 조선공산당 지도자들에 대한 체포령을 내렸다. 미군정 경찰청은 6,000여 명의 경찰을 동원해 박헌영을 잡으려고 서울 시내를 수색했다. 이소산이 운영하는 대원각에 숨어 지내던 박헌영은 장의차에 실린 관 속에 누워서 3.8선을 넘어 월북했다. 소련군정은 거듭 박헌영에게 월북할 것을 권유했고, 김일성은 경호원을 내려보냈다.

이런 정세를 고려한다면 박헌영은 남한에 있을 수 없는 상황이었거니와 설령 남한에 남았다고 해도 목숨을 부지하기 어려웠을 것이다. 북한에서는 소련의 지원을 받았던 김일성이 이끄는 북로당 출신만이, 남한에서는 미국의 지원을 받았던 이승만과 한민당만이 살아남을 수 있었다.

취기가 오르는지 비비안나가 자신이 살아온 얘기를 늘어놓았다.

"여덟 살이 되어서 입학한 이바노프 국제아동학교에는 해외 혁명가들의 자녀들이 있었어. 중국, 조선, 불가리아, 독일, 체코, 유고슬라비아, 미국, 영국, 에스파니아, 브라질 등 전 세계의 어린이들이. 조선 아이들은 고작 4명이었어. 우리는 모국어를 몰랐기 때문에 러시아어로 대화했지. 이 학교에는 모택동의 장남도 다니고 있었어. 생활은 나쁘지 않았어. 학생들은 같은 옷을 입었어. 취미활동반이 많았어. 여자애들은 봉재, 자수, 무용, 피아노를 배웠고, 남자애들은 목공, 철공을 배웠어. 도서관이 있었는데, 전 세계의 책이 다 있는 것처럼 느껴질 만큼 컸지. 일과는 단순했어. 종소리에 맞춰 일어나 침대를 정돈하고 아침 식사를 하고 등교했어. 수업이 끝난 뒤에는 취미 활동을 했고. 어릴 때부터 나는 춤추며 노래하는 걸 즐겼지. 어느 해인가는 여름에 흑해 연안의 크림에 위치한 아르쩩(국제아동캠프)에 갔어. 거길 가려면 모스크바를 경유해야 했어. 이 소식을 듣고서 어머니가 기차역으로 나왔어. 어머니는 선생님께 딸과 몇 시간만 집에서 보낼 수 있게 해 달라고 부탁했어. 그런데 나는 일행에서 떨어지는 게 싫었어. 선생님께 짝꿍과 함께 가게 해 달라고 했어. 어머니 집에서 식사를 할 때도 얼른 돌아가고 싶은 마음뿐이었어. 하루는 아이들 중 중국 아이들을 가려내기 시작했어. 다른 육아원으로 보내려는 것이었지. 불행하게도 나도 중국 아이들과 함께 무리에서 가려졌지. 다른 육아원에 도착했을 때 나는 스바보다 블라고예브나 선생님의 손을 놓지 않고 울어 댔지. 꼬박 하루를 울었어. 결국 나는 이바노프 국제아동학교로 다시 보내졌지. 전쟁 상황에서도 우리는 하루 세 끼를 먹을 수 있었어. 당시 가족과 함께 지냈던 아이들은 굶는 경우가 많았어. 같은 학교에 다니던 못사는 집의 계집애에게 빵을 가져다주곤 했으니까. 스바보다 블라고예브나 선생님의 배려로 모이시예프 무용연구소의 발레학교에 입학할 수 있었어. 행운이지. 부모 없이 육아원에서 자란 아이들은 대부분 자기 부모와 아무 공통점을 찾지 못하는데, 내가 무용을 한 건 어머니의 영향도 큰 것 같아. 어머니가 처녀 시절에는 피아니스트였다고 하니. 음악을 배우려고 상해에 갔다가 아버지를 만났다고 하지."

잠시 말을 끊고서 비비안나는 원경 스님의 손을 잡았다. 육아원 선생님의 손을 잡고서 울었다는 얘기를 들었을 때 원경 스님은 지리산에서 이현상을 만나자마자 부둥켜안고 울었던 생각이 났다. 비비안나가 말을 이었다.

"한국에 혈육이 살아 있을 줄 몰랐어. 혈육은 평양의 새어머니 사이에서 태어난 나타샤와 세르게이뿐인 줄 알았으니까. 원경의 탁한 목소리와 눈언저리가 아버지를 닮은 것 같아. 그런데 어떻게 내가 모스크바에 살고 있는 줄 알았어?"

"아버지와 큰어머니 사이에 딸이 있고, 그 딸의 이름이 영이고, 어릴 적 육아원에서 자랐다는 말을 들었어요. 그래서 러시아의 어딘가에 살아 있을 거라고 짐작하고 있었죠. 1989년 한민족체육대회 때 러시아에서 온 사람들에게 누나의 소식을 물었더니 찾을 수 있을 것 같다고 말하더군요."

원경 스님은 비비안나가 말하는 아버지와 닮았다는 눈언저리가 무엇인지 생각했다.

비비안나가 다시 물었다.

"그런데 원경이라는 이름은 뜻이 있는 거야? 본명은 병삼이라면서."

"원경은 법명예요. 러시아 정교나 가톨릭으로 치면 세례명

과 같은 겁니다. 원경圓鏡의 뜻은 '둥근 거울'입니다. 삼라만
상을 모두 담을 수 있는 마음의 거울을 지니라는 의미이기도
하고, 제가 태어난 곳, 그러니까, 아버지와 어머니가 만난
곳이 청주인데, 청주의 옛 이름이 원경예요."

원경 스님의 말을 듣고서 비비안나가 천천히 고개를 끄덕
였다.

이튿날, 원경 스님은 북한 외무성 차관을 역임한 박길룡을
만났다. 박길룡이 박헌영의 아들과 딸을 만나기 위해서 비비
안나의 집으로 찾아온 것이었다. 원경 스님은 박길룡을 모셔
오기 위해 집 앞으로 마중을 나갔다. 박길룡은 지팡이를 짚
고 다녀야 하는 고령임에도 불구하고 자세가 흐트러짐이 없
었다. 신체가 장대한데다가 이목구비도 뚜렷해서 신뢰가 가
는 인상이었다. 승복 차림의 원경 스님을 보더니 박길룡은
놀란 표정을 지었다.

"눈매가 아버지를 닮았구려."

비비안나가 커피를 대접하려고 하자 박길룡은 커피를 마
시면 잠이 오지 않는다며 거절을 했다. 비비안나는 대신 차
가버섯차를 끓여 줬다. 박길룡은 아버지의 죽음에 대해 비교
적 상세히 설명했다. 이번에는 통역사가 박길룡이 말한 것을

러시아어로 통역해 줬다. 비비안나를 위해서였다.

"1956년 동유럽과 소련을 순방한 뒤 김일성이 돌아와서 방학세에게 '이론가는 어떻게 됐어?'라고 물었지. 방학세가 우물쭈물하자 '증거가 있건 없건 오늘 안으로 처형하라.'고 지시했어. 김일성이 서둘러 박헌영의 처형을 지시한 까닭은 8월 종파 세력과 박헌영이 손을 잡는 게 두려웠기 때문일 테지. 사실 김일성의 처지에서는 박헌영이 부담스러운 존재였어. 남로당 숙청 직후 김일성과 회담한 모택동이 '박헌영이 미제 간첩이라는 주장은 증거가 부족하다. 가급적 명예를 회복시켜 주고 어떠한 경우에서도 죽여선 안 된다.'고 말했다지. 소련 대사 이바노프바실리 이바노비치도 박헌영의 사형을 집행하지 말고 소련으로 망명을 보내라는 의사를 전달했고. 김일성은 내정간섭 운운하면서 툴툴거렸다지. 그런데 내각부 수상 최창익, 상업상 윤공흠을 비롯한 연안파가 실각한 소련파 등을 규합해 대대적인 반 김일성 동맹을 결성하려고 했지. 이른바 8월 종파 사건의 시작인 거지. 김일성은 내각 수상 대리 최용건으로부터 이러한 사실을 보고받았어."

박길룡은 잠시 말을 멈추고 손바닥만 한 크기의 수첩을 꺼내 뒤적였다. 수첩에는 박헌영에 대한 기록이 적혀 있는 듯했다.

"귀국하자마자 김일성이 박헌영의 처형부터 지시한 것은 연안파와 소련파가 박헌영과 손을 잡는 것을 방지하기 위한 조치였지. 결국 연안파와 소련파도 8월 종파 사건으로 인해 역사의 뒤안길로 사라지게 되지. 김일성의 지시가 있은 날 내무성 지하 감옥에 수감돼 있던 박헌영은 밤중에 야산으로 끌려 나갔지. 박헌영은 죽기 전에 '오늘 죽을 것을 아니까 간단하게 처리해 주시오. 수상께서 내 처와 두 아이를 외국으로 보내겠다고 약속해 놓고 아직까지 약속을 지키지 않고 있소. 꼭 약속을 지켜 달라고 수상께 전해 주시오.'라는 유언을 남겼다고 하지."

박길룡의 얘기는 원경 스님이 다른 북한의 소식통에게서 들은 말과 동일했다. 군부독재 시절에는 박헌영이 우리에 갇혀 개들에게 물리고 찢겨서 죽었다는 유언비어가 나돌기도 했다. 김일성이 얼마나 비인도적이고 잔인한지를 강조하기 위해 만들어진 유언비어였다. 이 유언비어는 박헌영이 취조받던 오두막 앞을 셰퍼드 두 마리가 지켰다는 이야기가 와전된 것이었다.

박길룡이 씁쓸한 표정을 짓더니 다시 수첩을 꺼내 뒤적였다.

"김일성 주석과 박헌영 부주석의 사이가 악화된 건 1950년 11월 7일 만포진의 소련 대사관에서 열린 10월 혁명 기넘 연회 때부터였어. 술에 취한 김일성이 박헌영에게 '당신이 말한 그 빨치산은 다 어디에 갔는가? 당신이 스탈린한테 어떻게 보고했는가? 우리가 남조선으로 넘어가면 인민들의 봉기가 일어날 것이라고 말하지 않았나?'하고 시비를 걸었지. 그러자 박헌영이 '김일성 동지는 어째서 낙동강으로 군대를 다 보냈는가? 그러니까 후퇴할 때 다 독 안에 든 쥐가 되지 않았는가?'라고 대응했지. 김일성은 얼굴이 벌겋게 달아올라서 욕설을 퍼붓더니 대리석으로 만든 잉크병을 벽에 던졌지. 잉크병은 깨졌고, 벽에는 잉크가 얼룩졌지. 그 순간 둘의 관계는 잉크병처럼 깨진 거지. 서로의 가슴에 잉크 같은 얼룩만 남긴 채."

"전쟁에 대한 책임을 박헌영 선생에게 돌린 거군요."

원경 스님은 아버지 대신 박헌영 선생이라는 말을 썼다. 속가의 가족 친지 앞이 아니면 아버지라는 말을 쓰지 않았다. 원경 스님이 묻고자 한 것은 6.25전쟁을 일으킨 책임이 박헌영에게 있느냐는 것이었다. 박길룡이 잠시 생각에 잠긴 듯 허공을 응시했다.

"북조선에서는 6.25전쟁을 인민 해방과 조국 통일 전쟁으로 정의하고 있는데, 한반도 전역의 인민이 해방되지 못한 책임, 다시 말해, 전쟁에서 이기지 못한 책임을 박헌영에게 돌리고 있지. 나는 박헌영이 스탈린과의 면담 자리에서 무슨 말을 했는지 정확히 몰라. 들리는 말에는 전쟁이 나면 남한의 민중이 봉기할 것이라는 말을 했다고 하더군. 그 자리에 있었던 것은 스탈린과 김일성과 박헌영뿐이니까 진실은 그 세 사람만 알겠지."

말을 끊고 박길룡은 수첩을 뒤적이다가 찾고자 하는 내용을 찾은 듯 손가락으로 그 글씨를 짚었다.

"박헌영이 재판을 받기 전에 이미 김일성과 박헌영은 전초전을 치렀어. 1952년 10월 열린 소련혁명경축대회에서 박헌영은 연단에 올라 소련의 10월 혁명이 조선 민족해방운동에 새 지평을 열었고, 그 영향으로 1919년 3월 조선 인민이 봉기했음을 강조했지. 마르크스·레닌주의 사상적 토대 위에서 조선공산당이 창당돼 민족해방운동의 선두에 섰다는 요지로 역설했지. 박헌영이 김일성에게 한 방 먹인 거지. 네가 누런 코나 훌쩍거리고 다닐 때부터 나와 동지들은 공산당 활동했다는 사실을 잊지 말라는 거지. 박헌영의 말은 틀린 게 아니지. 해방 후 1국 1당 원칙에 의거한 조선공산당의 총수는 박헌영이었고, 김일성은 한낱 북조선분국장에 지나지 않았으니까. 김일성이 곧바로 반격에 들어갔지. 두 달 뒤 열린 당 중앙위 전원 회의에서 김일성은 미 제국주의 무력 침

범자들과 가열한 전쟁을 하고 있는 시점에 종파 분자들을 그대로 두면 적의 정탐배가 될 것이고, 당의 노선을 따르지 않고 한 개인의 의견을 따른다면 개인영웅주의자들에게 이용될 것이라고 목소리를 높였지. 둘의 싸움은 어차피 결과가 정해져 있었어. 총을 쥔 건 김일성이었으니까. 머지않아 박헌영은 명색이 부수상에 외무상임에도 자동차를 쓸 수 없는 처지가 됐어. 그러다가 감금당했고. 중요한 건 북조선의 수상은 김일성이지 박헌영이 아니었다는 사실이네. 부수상이 어떻게 단독적으로 남침을 지시할 수 있겠나? 그런데도 인민 해방과 조국 통일이라는 전쟁의 명분은 김일성의 공으로 돌리고, 그 전쟁에서 승리하지 못한 과는 박헌영에게 돌리고 있는 거지. 지금의 남북경계선으로 휴전할 수 있었던 건 중공군이 참전했기 때문인데, 중공군의 참전을 설득한 것도 박헌영이야. '무엇으로 중공군의 참전에 보상할 거냐?'고 모택동이 묻자 박헌영은 '친중 정책을 취하겠다. 김일성 수상이 스탈린 대원수에게 한반도 통일을 못 할 경우 책임을 지겠다고 약속했다. 김일성이 수상직에서 물러날 경우 중국공산당 당적의 당원들로 내각을 구성하겠다.'고 답했다고 하더군."

원경 스님이 말이 없자 박길용이 테이블에 놓여 있는 모자를 들면서 떠날 준비를 했다.

"살다 보니 박헌영 총비서의 아들딸을 다 만나는군. 한 사람은 남조선에서, 한 사람은 소련에서 고생이 많았겠구먼. 늦게나마 남매가 만날 수 있어서 다행이네. 좋은 시간 갖게나."

박길룡을 배웅한 뒤 원경 스님과 비비안나는 박헌영이 다닌 국제레닌학교로 향했다. 모스크바 보로쁘스키 거리에 소재한 국제레닌학교는 고풍스러운 외형의 2층 건물이어서 어찌 보면 작은 수도원처럼 보이기도 했다. 모스크바의 날씨는 서울보다 조금 더 추워서 이미 줄지어 늘어선 자작나무들의 이파리들이 풍엽이 들고 있었다.

관리인의 양해를 구해 원경 스님과 비비안나는 학교 안으로 들어갈 수 있었다. 원경 스님은 3년간 이러한 교실에서 공부했을 박헌영을 떠올려 봤다.

원경 스님과 비비안나는 이어 모스크바 뜨베르스꼬이불리바르(말리 푸틴고프스크 골목) 거리에 소재한 동방노력자공산대학을 찾았다. 주세죽이 다닌 학교였다. 전 세계 학생을 교육한 학교답게 국제레닌학교와 달리 캠퍼스가 나뉘어 있었다. 이어 두 사람은 모스크바 깔리니 대로에 소재한 1920년부터 1927년까지 코민테른 집행위원회 본부로 사용한 건물을 찾았다. 원경 스님은 아버지가 동양비서부 조선 위원으로 집무했던 건물이라고 생각하니 낯설지 않게 느껴졌다. 아버지의 발자취를 찾아본 뒤 원경 스님은 비비안나와 헤어져 호텔로 향했다. 호텔로 돌아가는 길에 한국인 통역사가 말했다.

"90년대가 시작되는 시점에 제가 꿈꿨던 나라는 여전히 소비에트였어요. 당시 저는 대학을 졸업한 뒤 인천의 한 공장에 위장 취업해 노동운동을 하고 있었죠. 그런데 독일의 베를린 장벽이 무너졌다는 소식을 듣고 '내가 무엇을 하고 있나?' 하는 회의가 들더군요. 그래서 집으로 돌아와서 외교관 공부를 시작한 거예요. 남한의 젊은이들이 모스크바를 바라볼 때 정작 모스크바의 정치인들은 남한의 경제 발전을 눈여겨봤다는 건 패러독스가 아닐까요?"

통역사는 서울대 정치학과 출신으로 대학 시절 PD(People's democracy) 계열 조직에서 몸담았다고 한다. 대학 졸업 후 인천의 한 공장에 위장 취업해 노동운동을 했다고 한다. 외시外試를 준비 중인 그는 박헌영의 아들딸이 만난다는 소식을 듣고서 자진해서 통역사를 맡았다. 러시아어를 전공하지 않았음에도 불구하고 그는 전공자보다 러시아 회화 능력이 뛰어났다. 그는 도스토예프스키의 소설을 원서로 읽고 싶어서 러시아어 학원을 다녔다고 한다. 통역사는 말을 이었다.

"박헌영 선생은 마르크스가 말한 사회적 관계의 총체로서의 인간의 삶을 사느라 자유로운 개인의 삶을 포기해야 했던 것 같아요."

원경 스님은 통역사의 말뜻을 온전히 이해할 수 없었다. 우선, 사회적 관계의 총체로서의 인간이 무엇을 말하는 것인지 몰랐다.

이튿날에도 원경 스님은 호텔에서 조식을 먹은 뒤 통역사와 함께 비비안나의 집으로 갔다. 1945년 해방 당시 서울 주재 소련 영사관 부영사 아나톨리 이바노비치 샤브신의 아내인 샤브시나 꿀리고바 여사와 점심 식사를 같이 하기로 약속돼 있었다.

비비안나 부부는 시간이 남으니 자신의 별장에 가자고 했다. 비비안나 부부의 별장은 모스크바 인근에 있었다. 나무로 지은 별장은 정부에서 준 것이라고 했다. 겨울이 되면 추워서 오지 않는다는 말을 덧붙였다. 별장이라고는 하지만 방하나, 거실 하나가 전부인 아담한 전원주택이었다. 비비안나가 원경 스님에게 패브릭 소재의 소파에 앉으라고 권했다. 얼마 후 비비안나가 커피 잔을 들고 와서 건넸다. 그리고 원경 스님의 옆에 앉더니 입을 뗐다.

"하루는 어머니가 신문을 보내 주셨어. 신문에는 아버지가 체포돼 재판을 받고 있다는 기사가 쓰여 있었지. 불가리아 공연을 마치고 귀국하던 열차 안에서 북한 대사관 직원들과 만났어. 그들이 내가 박헌영의 딸이라는 사실을 알고서 아버지가 미제의 앞잡이로 몰려서 총살됐다는 것을 알려 줬어. 나는 소련공산당 국제부에서 일하는 친구에게 '아버지가 실제로 미제의 스파이였냐?'고 물었어. 그는 '박헌영은 사형 직전까지 미제의 간첩이라는 것을 시인하지 않았다. 우리도 박헌영이 스파이라고 생각하지 않는다.'고 답했어."

원경 스님은 커피를 한 모금 마신 뒤 말했다.

"아버지의 혐의는 '북한 정권 전복 음모, 반국가적 간첩 테러 및 선전·선동 행위'였어요. 북한 최고재판소는 아버지를 '미제의 간첩'이라고 몰아붙였어요. 아버지가 접촉했다는 인물들은 너무 잘 알려진 최고위급 인사이거나 역으로 정보 업무와 전혀 관련이 없는 하급 장교들이었죠. 존 하지 같은 미군청의 고위 인사는 당시 아버지뿐만 아니라 주요한 남한의 정치인들을 만났어요. 그게 그들의 업무이니까요. 아버지가 미제의 인사들을 만난 것은 월북 이전의 일이에요. 재판 중 아버지는 안경을 벗어 시멘트 바닥에 던져 안경알이 박살났다고 해요. 재판 결과 아버지는 사형 및 전 재산 몰수형을 선고받죠. 아버지는 재판석에서 이렇게 항변했다고 해요. 너회가 주장하는 미제 간첩과 내가 주장하는 미제 간첩은 엄격히 다르다. 나는 조국의 해방과 독립과 통일을 위해 미국인들을 만난 것이므로 결코 너희가 말하는 간첩 행위를 한 적이 없다. 너희 말대로 내가 미국의 스파이였다고 하자. 그렇다고 해도 모든 걸 내가 주도했으니 남로당 간부들은 전혀 책임이 없다. 그들은 모두 조국의 해방과 통일, 사회주의 혁명 과업을 위해 밤낮으로 일해 온 정직한 애국자들이다. 나에게 떨어진 죄의 대가가 어떤 것이든 달게 받겠으니 죄 없는 남로당 간부들을 용서해 달라. 거듭 부탁한다."

원경 스님이 비비안나에게 말한 얘기는 박갑동에게 들은 내용이었다. 박갑동은 조선공산당 기관지인 《해방일보》의 정치부 기자를 지낸 뒤 북한 문화선전성 구라파부장으로 일하던 중 남로당 숙청을 피해 베이징을 거쳐 탈출했다. 귀국 후 《중앙일보》에 '남기고 싶은 이야기, 내가 아는 박헌영'을 연재했다. 박갑동이 연재를 할 당시는 유신 정권 때였다. 박정희는 김일성에 반대해 월남한 박갑동이 상당히 이용 가치가 있다고 판단한 모양이었다.

혁명과 쿠데타는 실패하면 목숨을 걸어야 한다는 공통점이 있다는 생각에 이르자 원경 스님은 김광규 시인의 「어느 지사의 전기」가 떠올랐다.

세상은 언제나 난세였다.

도저히 그는 편안하게 자고, 맛있게 먹고, 돈을 벌어 즐겁게 살 수가 없었고, 또 그래서는 안 된다고 믿었다.

언제나 몸보다 마음을 앞세운 그는 수많은 일화가 증명하듯 크고 높은 뜻을 지닌 인물이었다.

그러나 사형대에 올라가기 전에 성자처럼 태연할 수 없었던 그는 담배 한 개비와 술 한 잔을 달라고 했단다.

그의 마지막 소원이 이뤄졌는지는 나는 모른다.

다만 자기의 몸과 헤어지게 된 순간 그는 큰 소리로 만세를 부르는 대신 연약한 인간이 되어 떨었던 것이다.

그의 지사답지 못한 최후가 나를 가장 감동시킨다.

사형대에 올라가기 전 담배 한 개비와 술 한 잔을 달라고 한 사람은 조봉암이었다. 이 말에 앞서 조봉암은 "나에게 죄가 있다면 많은 사람이 고루 잘 살 수 있는 정치 운동을 한 것밖에는 없는 것이오. 그런데 나는 이 박사와 싸우다가 졌으니 승자로부터 패자가 이렇게 죽음을 당하는 것은 흔히 있을 수 있는 일이오. 다만 나의 죽음이 헛되지 않고 이 나라의 민주 발전에 도움이 되길 바라며 그 희생물로는 내가 마지막이 되길 바랄 뿐이오."라고 말했다.

재판에 회부되기 전까지 그는 대한민국 제2야당인 진보당의 당수였다. 조봉암이 재판에 회부된 이유는 진보당의 정책과 강령, 그중에서도 특히 평화통일론 때문이었다. 검찰은 북한과 야합할 목적으로 평화통일론을 내세웠다는 이유로 진보당 관계자들을 간첩죄와 국가보안법 위반 혐의로 기소했다.

재판부가 사형을 선고하자 오열하는 딸에게 조봉암은 "울거 없다. 재판은 잘된 거다. 무죄 아니면 죽는 거지. 정쟁이라는 거는 그런 거다."라고 말했다.

조봉암은 일제강점기에는 러시아의 혁명을 동경했던 박헌영의 동지였다. 그는 박헌영과 함께 조선공산당과 고려공산청년회 결성을 주도했고, 모스크바 외교사절로 파견돼 조선공산당과 고려공산청년회의 국제기관 가입을 주도했다. 레닌이 동양 공산주의 운동의 선구자로 찬탄할 만큼 일제강점기 공산주의 운동에 그가 끼친 영향은 컸다.

1946년 3월 미군 정보대 CIC가 조봉암이 이끄는 인천 민전 사무실을 수색한 사건을 계기로 조봉암과 박헌영은 결별하게 된다. 미군 정보대가 압수한 품목에는 조봉암이 박헌영에게 보낸 서한들이 포함돼 있었다. 미군 정보대는 미소공위가 휴회한 직후 우익 신문 지면에 이 편지들의 내용을 기사화했다. 미군 첩보대에 연행돼 열흘간 조사를 받은 뒤 석방된 조봉암은 인천 공설운동장에서 열린 시민대회에서 조선공산당을 비난하는 성명을 발표했다. 두 달 뒤에는 노동계급과 공산당의 독재를 반대한다는 내용을 골자로 한 성명을 발표했다. 그는 공산주의자가 아닌 사회민주주의자임을 공식 선언한 것이다. 이 사건 이후 조봉암과 박헌영은 다시는 만나지 않았다. 정치 노선이 달랐지만 두 사람은 사법 살인을 당했다는 점에서 같았다. 다만 차이가 있다면 이승만 정권은 조봉암, 양이섭 두 사람만 사법 살인하고 다른 진보당원들은 풀어 준 반면, 김일성 정권은 박헌영에 대한 사형 집행에 앞서 주요한 남로당원들을 모두 사법 살인했다는 것이다.

샤브시나 여사는 백발의 마른 노인이었지만 허리가 꼿꼿했다. 박헌영의 아들딸을 만나는 자리여서 애써 치장을 했는지 검은 바탕에 흰색 점들이 박혀 있는 땡땡이 무늬의 원피스를 입고, 큼지막한 진주목걸이를 목에 걸치고 있었다. 간단히 점심 식사를 마치고 비비안나가 박헌영에 대해 말해 달라고 했다. 샤브시나 여사가 수줍게 웃은 뒤 들고 온 서류를 뒤적였다. 샤브시나가 말하는 대로 통역사가 한국어로 통역했다.

"나는 1940년부터 1946년까지 서울에 있었어요. 내가 서울에서 본 최고 참혹한 장면은 해방 직후 서대문형무소에서 풀려나는 정치범들의 모습이었죠. 열 명 중 아홉 명이 혼자 서는 거동이 어려울 정도로 몸이 망가져 있었어요. 마치 불에 타서 바스라지기 직전의 재처럼 위태로워 보였죠. 다른 사람에게 업혀 가는 사람들이 대부분이었죠. 대중이 소련 영사관 앞으로 몰려와서는 '소련 만세.'를 외쳤어요. 그 가운데 한 대학생에게 한국의 정세에 대해 묻자, 그가 자신보다 박식한 사람을 소개시켜 준다고 했어요. 며칠 후 그 학생이 데리고 온 분이 바로 박헌영입니다. 언뜻 봐도 인텔리의 외모였죠. 인상적인 것은 그의 웃음이었어요. 웃을 때 어딘지 모르게 겸연쩍어하는 모습이었거든요. 눈에 띄지는 않지만 수시로 주위를 살피는 버릇도 있었어요. 아마도 지하활동 과정에서 익힌 습벽이겠죠. 그는 남의 말을 끝까지 듣는 참을성이 있었어요. 필요한 얘기만 한다는 점에서는 과묵하다고 할 수 있었고요. 첫 대면 자리에서 내가 '출옥하는 정치범들의 모습을 보고서 놀랐다.'고 말하자 그는 '감옥이란 게 다 그런 곳이죠. 감옥은 어떤 사람을 단련시키기도 하지만, 어떤 사람의 기를 꺾어 짓누르는 곳이기도 하죠. 허약한 까닭에 풀려나자마자 투쟁에서 이탈하는 사람이 적지 않았습니다. 하지만 불의에 굴복하지 않는 굳건한 사람도 많았는데, 그 대표적인 예가 경성콤그룹의 멤버들입니다.'라고 대수롭지 않게 말했어요. 조금 친해지고 나서 내가 '어떻게 일제 경찰의 검색을 피해 다녔냐?' 묻자 그는 '감옥에 보낸 나날이 더 많은 걸요.'라고 말한 뒤 예의 객쩍은 미소를 지은 뒤 '검색을 피하기 위해 행상인이 됐다가, 노동자가 됐다가, 약장사가 됐다가 심지어 점쟁이 노릇도 했다.'고 했어요."

샤브시나 여사는 말을 끊고 안경을 벗은 뒤 서류를 뒤적였다.

원경 스님은 1929년 모스크바에서 발간된 국제 혁명가 후원회 기관지인 《모쁘르의 길》에 실린 박헌영의 글을 떠올렸다. 「죽음의 집, 조선의 감옥에서」라는 제목의 글이었다.

일제 경찰들은 연행된 사람에게 고춧가루를 탄 물을 코에 들이붓고, 두 손을 묶어 천장에 매달고 가죽 채찍으로 후려치고, 무릎을 꿇게 한 뒤 각목으로 사정없이 때린다. 예닐곱 명의 경찰이 큰 방에서 벌이는 '축구공 놀이'라는 고문도 있다. '축구공 놀이'는 경찰들이 축구공을 주고받듯이 연행된 사람들을 번갈아 가면서 때리는 것을 일컫는다. '축구공 놀이'는 연행된 사람이 피범벅이 되어서 의식을 잃고 바닥에 쓰러질 때까지 계속된다. 조사 과정만 야만적인 게 아니다. 수감 생활 자체가 지옥이다. 내가 있었던 감옥의 방에는 영하 5~6도의 기온에도 맨바닥에 가마니만 깔려 있었다. 수인들은 방한 효과가 없는 아주 얇은 겉옷 한 장만 입고 지내면서 하루 평균 10시간 이상 어망을 짜는 노역에 시달려야 했다.

찾고자 하는 서류를 발견한 듯 샤브시나 여사는 자신만 알아들을 수 있는 작은 소리로 몇 마디 중얼거린 뒤 말을 이었다.

"오래지 않아 박헌영은 조선 정치권의 거물이 됐어요. '조선 혁명의 첫 단계는 민족 해방과 민주주의를 완성하는 것.'이라는 그의 단계적 혁명론은 조선공산당재건위원회 정치 노선에 반영됐죠. 1945년 9월 6일 서울에서는 1,000여 명이 참석한 제1차 인민대표자대회가 열렸어요. 이 자리에서 박헌영은 일제가 공표한 모든 법률과 법령을 폐지할 것, 일본인과 민족 반역자 소유의 토지를 국유화하고 무상으로 농민에게 양도할 것, 모든 사업장을 국유화할 것, 8시간 노동제를 실시할 것, 14세 미만 아동의 노동을 금지시킬 것, 인민에게 언론, 출판, 결사, 시위, 신앙의 자유를 줄 것, 민족 반역자를 제외한 18세 이상의 모든 시민에게 선거권을 부여할 것, 여성에게 남성과 동등한 권리를 부여할 것, 초등의무 교육 실시할 것 등을 주장했죠. 특이한 것은 그가 이승만을 주석으로, 여운형을 부주석으로, 허헌을 총리로 선출하는 데 앞장섰다는 거죠. 나는 그 이유를 물었고 그는 '이승만이 인텔리 계층의 상당한 지지를 받고 있다.'고 답했어요. 하지만 이승만은 인민공화국의 주석이 되는 걸 거부했죠. 미군이 진주하면서 남조선의 정세는 극도로 복잡해졌죠."

샤브시나 여사는 다시 서류를 뒤적였다. 러시아어로 쓰인 글씨를 나지막이 읽은 뒤 말을 이었다.

"이건 남편에게 들은 말입니다. 남편은 1946년 7월 미소 공동위원회의 소련 대표였던 스티코프의 전갈을 받고서 평양에 갔어요. 그리고 김일성, 박헌영과 함께 스탈린을 만나기 위해 모스크바로 떠났죠. 이 회의에서 스탈린의 우측에 김일성이, 좌측에 박헌영이 앉았다고 해요. 이는 스탈린이 박헌영보다는 김일성을 신뢰했다는 방증일 테지요. 회의에서 스탈린은 말수가 많지 않았지만 듣는 이들은 그의 말한 마디 한 마디를 하늘에서 내리는 계시처럼 받아들여야 했죠. 이날 회의에서 스탈린은 김일성이 주장하는 조선공산당 북조선 분국을 용인했다고 해요. 국제 공산당 코민테른 설립 때부터 적용된 1국 1당의 원칙이 깨진 것이죠. 스탈린은 두 조선의 지도자에게 조선 내 좌익 정당의 통합에 대해 물었어요. 조선의 두 지도자들은 가능하긴 하나 인민들과 상의해서 결정할 일이라고 답했죠. 그러자 스탈린은 아무렇지 않게 '인민이라니? 인민이야 논밭을 일구는 농투성이잖소. 결정은 우리가 해야지.'라고 말했죠. 박헌영은 좌익 정당들의 통합에 힘을 쏟았고, 그 결과 좌우 양측에서 비판을 받았죠. 그래서 내가 '왜 당신에 대한 평가가 상반되죠?'라고 물었던 적이 있어요. 박헌영은 '파벌 투쟁이 원인이죠. 파벌만큼이나 제 평가도 가지각색일 수밖에 없는 거죠. 1920년대에도 지금과 비슷한 반응을 보였죠. 많은 사람이 공산당이 조선을 소련에 병합시킴으로써 조선 사람을 소련의 노예로 만들려고 한다고 헐뜯었어요.'라고 대답했죠. 내가 본 박헌영은 그 누구보다도 평화적인 통일을 바랐어요. 그는 북조선이 남조선을 침공할 경우 미국이 참전할 것이라고 내다봤고, 무엇보다도 남조선 내 진보 세력의 힘으로도 평화적인 통일을 이룰 수 있을 것이라고 생각했어요. 박헌영은 1946년 5월경 하바롭스크 KGB지국을 통해 스탈린에게 편지를 보냈어요. 편지 내용은 '조선에 민주 기지를 건설하기 위해서는 부르주아 민주주의 혁명을 선행해야 한다. 북조선의 김일성은 무력 통일을 위해 군사력을 지녀야 한다고 주장하지만, 미군정의 남조선 상황을 고려한다면 독단적인 혁명은 불가능하다. 공산당이 평화적인 방법으로 남한의 인민들을 끌어들일 때 혁명은 성공할 수 있다.'는 게 요지였어요. 이는 전 소련공산당 중앙위원회 국제부 부부장 코바렌코가 증언한 내용이지요. 듣자 하니 박헌영이 북조선으로 간 뒤에는 더부살이를 했던 터라 김일성의 눈치를 많이 봤다고 하더군요. 박헌영의 잘못이라면 남조선 내 진보 세력을 과대평가했다는 것이죠. 우리 부부가 박헌영을 마지막으로 만난 것은 1949년 모스크바에서 소련과 조선민주주의인민공화국 간의 협력에 관한 합의서 채택을 기념하는 환영회 식장이었죠. 이 자리에서 박헌영은 '많은 일이 생각했던 것과 전혀 다르게 진행되고 있어요. 하지만 우리는 의기소침하지는 않을 것입니다.'라고 말했어요. 그때도 그는 겸연쩍게 웃었죠. 내가 마지막으로 본 그의 웃음이죠."

말을 끊고 샤브시나 여사는 찻잔의 커피를 마셔 목을 축였다. 그리고 벗어 뒀던 안경을 다시 썼다.

"나이가 들수록 그가 그리워요. 그는 내가 만난 사람 중 드물게 양심적인 사람이에요. 많은 공산주의 국가가 정권 수립 과정에서 교조주의라는 늪에 빠졌죠. 만약 교조주의의 폐해에 일조했다는 비판을 듣는다면, 그는 다른 지도자들과 달리 즉각 자신의 과오를 인정하고 자아비판 한 뒤 이렇게 말했을 겁니다. '하지만 공산주의는 죄가 없습니다. 공산주의를 따르지 않은 우리의 죄일 뿐.' 박헌영은 그런 사람이에요. 그에게 공산주의는 너무 멀리 있기에 반드시 당도해야 하는 종착지였어요. 두 발이 없으면 두 팔로 기어서라도 가고자 했던 곳이죠. 어쩌면 인간의 이성이란 게 애초 신뢰할 수 없는 것인지 모르죠. 이성보다는 외려 욕망을 신뢰하는 게 옳은 것인지도……. 하지만 인간의 이성을 너무나 신뢰했던 백치처럼 미욱한 사람들이 있어요. 박헌영도 그런 사람 중 한 명이죠."

샤브시나 여사는 말을 끊고 서류 뭉치를 뒤적이더니 한 장을 꺼내서 원경 스님에게 건넸다. 한글로 쓰인 문서였다.

1947년 2월 27일 100수색대 '심리부'

모든 경찰서장, 철도공안원장, 제주도 행정관장에게

남조선노동부 총비서 박헌영의 탐문과 체포를 취할 것. 그는 이두수, 이두희, 왕석옥이라는 성명도 쓰고 있음.

충청남도 예산군 신양면 신양리 299번지 출생. 48세. 소재 불명.

위 인물은 군정청의 법률을 위반한 자임. 박헌영을 체포한 사람에게는 황금 1파운드(약 120돈)의 포상을 내릴 것임.

경찰국장

인상착의 : 보통 체격. 신장 53척. 얼굴은 둥근 편. 사진 부기.
서울경찰국.

샤브시나 여사가 말을 이었다.

"북조선 재판부는 미국의 간첩이라는 혐의를 인정해 박헌영에게 사형을 선고했죠. 이상하지 않나요? 박헌영은 미군청이 황금 1파운드라는 거금의 현상금을 걸고 공개 수배한 사람입니다. 북조선의 주장대로라면 미군청은 자신의 첩보원을 공개 수배한 것이죠. 박헌영은 자신의 생애를 조국의 독립을 위해, 인민의 해방을 위해 바쳤죠. 하지만 남조선에서는 공개 수배했고, 북조선에서는 사형을 선고했죠. 갈라진 두 조국에서 모두 버림받은 것이죠. 박헌영의 최후는 어떤 주석도 붙이기 어려운 비극적 패러독스죠."

샤브시나 여사는 말을 마치고 서류 뭉치와 가방을 챙겼다. 집 앞까지 배웅을 나간 원경 스님과 비비안나에게 말했다.

"남매지간이라 그런지 두 사람이 닮았군요. 당연한 얘기지만 아버지를 닮았고요."

비비안나가 웃으면서 물었다.

"어디가 아버지를 닮았나요?"

"눈가가 닮았어요. 사람의 얼굴에는 운명의 지도 같은 게 숨겨져 있어요. 두 사람을 볼 때마다 젊었을 때 아버지의 모습이 떠올랐어요. 항상 아버지의 눈가에는 어둔 그림자가 깃들어 있었어요. 그때는 그저 피곤해서 그런 것이겠거니 싶었죠. 다시 생각해 보니 그 어둔 그림자의 정체는 비극적인 패러독스로 끝을 맺을 수밖에 없는 운명에 대한 무언의 신탁神託이었는지도……."

　모스크바 공항에서 출국 수속을 밟는 내내 원경 스님은 샤브시나 여사가 한 말의 의미를 되새겼다. 심란해서인지 무의식중에 108주에 손이 갔다. 염주를 돌리는 원경 스님에게 따라 나온 비비안나가 "손에 든 것이 뭐냐?"고 물었다.
　"염주라는 불구佛具예요. 가톨릭 신자들의 묵주와 같은 것이죠. 한 알 한 알 굴리면서 부처님과 부처님의 가르침을 떠올림으로써 자신의 생각은 물론이고 궁극에는 부처님과 부처님의 가르침마저 잊은 무념무상無念無想의 상태에 이르게 하는 것이죠."
　비비안나가 고개를 갸우뚱했다. 곧바로 통역사가 말했다.
　"무념무상을 러시아어로 설명하는 게 어려웠어요. 문화가 다른 두 나라의 말을 통역한다는 게 참 어려운 일인 것 같아요. 통역은 배를 타고 강을 건너는 것 같아요. 때로는 예상했던 자리에 닿는데, 때로는 예상과 전혀 다른 곳에 도착하거든요. 아마도 비비안나가 여전히 무념무상에 대해 이해를 못하는 것 같아요."

통역사의 말을 듣고서 원경 스님은 염주念珠라는 글자도 이념理念과 같은 생각 염念 자를 쓴다는 데 생각이 미쳤다. 넓은 견지에서 보면 불교도 이념일 것이나, 불교의 이념은 박헌영이나 주세죽이 목숨 바쳐 지키고자 했던 이데올로기는 아니었다. 불교의 이념은 신념信念보다는 차라리 무념無念에 가까운 것이었다.

박헌영의 아들이었던 까닭에 원경 스님은 승려가 될 수밖에 없었다. 자유주의에도, 사회주의에도 낄 수 없었던 까닭에 외려 원경 스님은 아무 데도 속하지 않아도 되는 자유인이 될 수 있었다.

헤어질 시간이 되자 비비안나는 원경 스님의 손을 놓으면서 끝내 눈물을 보였다.

"12월에 한국에서 봐요. 아버지의 고향을 보여 드릴게요."

비비안나는 손을 흔들었다. 비행기로 향하면서 원경 스님은 혼잣말을 읊조렸다.

"하루면 닿을 거리인데, 한국에서 모스크바까지 오는 데

한 생애가 걸렸구나."

박헌영과 주세죽이 갈 때는 지금보다 길이 더 험했을 것이다. 걷기도 하고, 배를 타기도 하고, 기차를 타기도 했을 것이다. 차멀미와 뱃멀미에 시달리고, 배고픔과 추위를 견뎌야 하는 길이었을 것이다. 하지만 그래도 한 달이면 닿을 수 있는 길이었다. 양극체제의 세계정세 속에서, 남북의 분단 상황에서 남한 사람이 소련에 갈 수 있는 길은 하늘에도, 육지에도, 바다에도 없었다. 남한이 민주화되지 않고, 소련이 붕괴되지 않았다면 감히 엄두조차 낼 수 없는 길이었다.

도착할 때도 떠날 때도 모스크바에는 비가 내리고 있었다.

비행기에 탑승해 자리에 앉자마자 원경 스님은 버릇대로 염주를 돌렸다. 한산 스님이 준 염주였다. 염주를 건네면서 한산 스님은 이현상이 쓰던 것이라고 했다. 어림짐작해도 반세기 동안 이 염주를 들고 다닌 것이었다. 처음에는 어떤 빛이었는지는 모르겠으나, 오랜 세월 들고 다니며 문지르다 보니 손때가 묻어서 언젠가부터 머루처럼 검게 변했고, 번들번들 윤기가 났다. 한산 스님이 이현상이 쓰던 것이라고 했으니, 이현상도 심난할 때마다 이 염주를 돌렸을 것이다.

원경 스님은 낱낱의 염주 알들을 꿰어야 염주가 되듯이, 개인들의 만남이 이어져서 시대사를 이루는 것이라는 생각이 들었다. 거대한 물줄기의 흐름에 따라 파도가 치고 포말이 부서지는 것이기도 하지만, 역으로 냇물들이 모여서 강물을 이루고 다시 강물들이 모여서 바닷물을 이루는 것이기도 했다.

염주를 돌리면서 원경 스님은 누나를 만나러 모스크바로 온 것은 참으로 잘한 일이라고 생각했다.

알파(A)와 오메가(Ω)의 시간

— 1955년 1월경 충주경찰서

해거름이 내릴 무렵이었다. 경찰서 인근에서 국밥 집을 하는 아낙이 서장실 문을 열고 들어왔다. 아낙은 왜바지(몸뻬)에 군인에게 지급되는 방상 내피를 입고 있었고, 급히 달려왔는지 앞치마도 두른 상태였다. 차일혁도 몇 번 본 적이 있는 아낙이었다. 찬바람에 두 볼이 붉어진 아낙의 손에는 시계가 들려 있었다. 말을 듣지 않아도 아낙이 찾아온 이유를 대충 알 것 같았다. 양희근이 시계를 맡기고 외상술을 마시고 오랫동안 외상값을 갚지 않은 게 뻔했다. 아낙의 말이 떨어지기 전에 차일혁은 먼저 입을 뗐다.

"외상값이 얼마입니까?"

아낙에게 외상값을 주자 아낙은 말없이 시계를 건넸다. 차일혁은 손에 든 시계를 내려다봤다.

주인이 세 차례나 바뀐 오메가 시계였다. 시계의 원래 주인은 의령경찰서장이었으나, 남부군 부사령관인 이영회가 의령경찰서장을 사살하고서 시계를 가져갔다.

차일혁은 수색대 부하들이 지리산으로 들어가려는 이영회 부대를 일망타진했다는 보고를 들었다. 이윽고 양희근이 시계를 들고 왔다.

"가죽 잠바에 승마 바지를 입고 가죽 장화를 신고 있어서 이영회의 시신이 아닐까 하고 손목을 보니 아니나 다를까 오메가 시계가 채워져 있더군요."

차일혁은 의령경찰서장의 아내를 찾아가 시계를 건넸으나, 그녀는 한사코 유물을 받길 거부했다. 몰골을 알 수 없게 죽은 남편의 모습이 떠올리기 싫었는지도 모를 일이었다. 하는 수 없이 차일혁은 양희근에게 시계를 선물로 줬다. 전리품이었다.

차일혁은 손에 쥐고 있는 오메가 시계를 내려다봤다. 둥근 원 안에는 시침과 분침이 있고, 시계 하단에는 별도의 작은 원이 있어 시침이 도르르, 흐르고 있었다. 끝을 의미한다는 오메가(Ω)의 문양이 시계 상단 중앙에 새겨져 있었다. 머릿

속에서는 "나는 알파와 오메가이니 처음과 마지막이라 내가 생명수 샘물을 목마른 자에게 값없이 주리니"라는 「요한계시록」 구절이 떠올랐으나, 입 밖으로는 "무시무종無始無終"이라는 불가佛家의 말이 새어 나왔다. 차일혁은 생각했다.

그래, 시간은 흐르고 있다. 이제 막 몽정을 시작한 사내애들이 징병이나 징용에 끌려가고, 초경을 끝낸 계집애들이 정신대로 팔려 갈 때도, 자신들의 종착지가 어딘지도 모른 채 군용 트럭에 짐짝처럼 실려 갈 때도, 부연 흙먼지에 눈을 감으면 발길을 붙잡기라도 하듯 끼닛거리가 있든 없든 저녁밥 지을 시간이 되면 어김없이 꽃봉오리를 피어 올리던 마당가의 분꽃이 아슴아슴 머릿속에 떠오를 때도 시간은 흐르고 있었고, 친일파 관료들이 사기 화로가 놓인 다다미방에서 일본인 고관대작 옆에 바투 앉아 전골에 월계관을 마시면서 술잔을 비울 때마다 "텐노 헤이카 반자이(천황 폐하 만세)"를 목청껏 외칠 때도, 나라를 넘긴 공로로 작위를 받은 귀족들이 민족의 어느 누가 끌려가 죽든 말든 밤새 "펑, 치, 훌라!"를 외치며 마작을 할 때도 시간은 흐르고 있었다.

6·25전쟁 때에도 누군가는 검붉은 선혈을 쏟고 죽은 피붙이를 부여잡고 슬픔에 겨워서 주먹으로 가슴을 쳤고, 다른 누군가는 지상의 붉은 화염이 하늘까지 치솟는 야심한 밤

에도 기생집의 한정식이 차려진 술상 앞에 앉아 곱게 화장을
한 기생의 다홍 모본단 치마 밑에 손을 뻗었다.

오메가 시계의 시침처럼 시간은 시작도 끝도 없이 흐르고
흘러 다시 원점으로 향하고 있었다.

언젠가 차일혁은 이영회로부터 서한을 받은 적이 있었다.

우리 인민을 함부로 해치지 않은 귀관의 전사戰士 정신을 높이
평가하며, 귀관 부대의 유격 전투 능력도 높이 평가한다. 하지만
귀관은 해방군 전사들을 수없이 죽인 우리의 원수이기 때문에 이번
전투에서 귀관의 부대를 전멸시키지 못한 것이 유감일 수밖에 없다.

다시 만나길 기약하며

불꽃사단 사단장

이영회가 우리 인민이라고 호칭한 것은 심곡리 주민이었
다. 1951년 10월경 차일혁은 거칠봉 기슭에 임시 본부를 설
치하고 18대대와 17대대의 연합 작전을 지휘했다. 빨치산
57사단을 섬멸하기 위해서였다.

18대대 병력은 심곡리로 전진하다가 나무 땔감이 쌓인 지
게를 짊어진 초로初老의 사내를 만났다. 57사단의 동태를 파

악하기 위해 "빨치산 부대를 본 적이 없느냐?"고 묻자 사내는 "이미 이틀 전에 짐꾼을 앞세우고 지리산으로 떠났어요. 토끼처럼 발이 빠르니 벌써 지리산에 도착했을 겁니다."라고 태연하게 답했다.

마을에는 남자가 보이지 않았다. 한 대원이 아낙에게 자초지종을 물으니 "이틀 전에 빨치산들이 짐꾼으로 데려갔다."고 답했다.

부대원들은 아낙의 말을 듣고서야 적군이 매복할지 모른다는 걱정을 떨치고 잠시 담배를 피우고 수통의 물을 마시며 망중한忙中閑을 즐겼다.

이러는 사이 빨치산 병력이 마을을 에워싸고, 허공에 한 발의 총성이 들리는가 싶더니 곳곳에 총알이 빗발쳤고, 무방비로 쉬다가 이렇다 할 반격도 하지 못한 채 순식간에 18대대 대원들의 절반이 숨을 거뒀다. 남은 병력은 빨치산의 포위에 갇혔다.

이병선 대대장은 후미에서 지휘하다가 간신히 본진에서 탈출해 임시 본부로 달려왔다. 숨을 고른 뒤 그는 넋 나간 표정으로 "면목이 없습니다."라는 말만 되풀이하다가 권총을 꺼내 자신의 머리에 겨눴다. 차일혁은 재빨리 이병선의 손에서 권총을 빼앗은 뒤 뺨을 올려붙였다.

"부대원들은 어떻게 되었나?"

이병선 대대장의 말을 듣고서 차일혁은 적들이 마을 주민을 이용했음을 알 수 있었다. 이제 남은 일은 어떻게 적군에 포위된 부대원들을 구하느냐는 것이었다. 그러려면 무엇보다 퇴로를 확보하는 게 중요했다. 설령 간신히 탈출한다고 하더라도 퇴로가 확보돼 있지 않다면 대원들은 전멸할 것이었다. 차일혁은 퇴로로 적격인 거칠봉 능선으로 오를 수 있는 보안리 뒷산을 확보할 것을 지시했다. 능선을 타고 뛰어오르는 차일혁 일행은 금세 적군의 눈에 띌 수밖에 없었다. 허공에서 콩 볶는 소리가 들렸고, 대원들은 뛰어오르다 말고 픽픽, 쓰러졌다. 그나마 다행인 것은 중화기 대원들이 쏜 박격포가 적진으로 떨어졌다는 것이다. 적의 포위망이 흐트러졌고, 그 틈을 타서 아군들이 후퇴하기 시작했다. 작전이 성공한 것이다.

적군들은 포위망을 벗어난 아군들에게 총구를 돌렸다. 도망치는 아군들과 그 뒤를 쫓는 적군들로 인해 산은 아수라장이 되었다. 아군들이 포위망을 벗어날 때까지 대원들은 계곡 입구에서 사격을 계속했다. 차일혁은 아군을 쫓는 적군들의 숫자에 놀라지 않을 수 없었다. 멀리서 보니 벌떼가 달려드는 것 같아서 현기증이 날 정도였다. 적군이 계속해서 쫓아온다면 가파른 산길을 내려오는 아군은 물론이고 계곡 입구에서 박격포와 총을 쏴 대고 있는 아군도 살아남기 어려웠다. 그런데 어찌된 영문인지 적군들이 추격을 멈추고 등을 돌려서 산으로 향했다.

차일혁은 거칠봉으로 돌아와 숨을 돌렸다. 어깨에 총상을 당한 부하를 짊어지고 오느라 차일혁의 군복은 팥죽색으로 물들어 있었다. 인원 파악을 해 보니 1중대원 중 절반가량 숨을 거둔 상황이었다.

차일혁은 전의를 잃고 한숨만 내쉬는 부대원들에게 설천지서로 후퇴할 것을 명령했다. 산을 물들이는 저녁놀을 보면서 차일혁은 생각했다.

언젠가부터 남녘의 산들은 빨치산의 본거지가 되었다. 우리나라는 크고 작은 산이 많아서 대부분의 마을 사람들은 산 너머 해가 떠오르면 일터로 나가고 산 너머 해가 지면 집으로 돌아왔다. 그들에게 산은 하루의 일과를 알리는 시계였고, 한 해의 절기를 알리는 달력이었다. 부모가 갓난애의 탯줄을 묻으러 가고, 그 갓난애가 자라서 부모를 차례로 묻으러 가는 곳이었다.

봄이 되면 윗녘부터 꽃물이 내려와서 꽃놀이에 취하고, 가을이 되면 아랫녘부터 단풍물이 올라와서 단풍놀이에 취하는 곳이었으나 전쟁이 나고부터는 사시사철 피로 붉게 물드는 곳이 되었다.

차일혁은 이 나라의 산맥마다 빨치산들이 들끓는 이유를 알고 있었다. 차일혁은 스무 살에 중국 중앙군관학교에 들어갔다. 4년간 조선 의용대 출신으로 중국 화북 지역에서 일본군과 맞서 싸워야 했다. 당시 차일혁에게 적군은 일본군이었다. 중국의 팔로군은 조선 의용대와 함께 일본군과 맞서 싸우는 아군이었다. 직접 두 눈으로 본 팔로군들은 주민들에게 어떠한 위협을 주지 않았음은 물론이고 피해조차 끼치지 않았다. 마을에 들어서면 팔로군들은 절대로 나무에 말고삐를 매지 않았다. 나무가 상하는 일을 미연에 방지하기 위해서였다. 대신 잘린 나무 둥치나 기둥 따위에 맸다. 설령 집주인이 안채를 내준다고 해도 한사코 사양하고 마당에서 잤다. 그러다 보니 주민들은 장개석이 이끄는 국민당군이 마을에 들어서면 대문의 빗장을 굳게 잠갔던 반면, 모택동이 이끄는 팔로군이 마을에 들어서면 빗장을 풀고 대문을 활짝 열었다.

돌이켜 보면 한 치 앞조차 알 수 없는 게 사람의 운명이었다. 전쟁이 난 뒤 산은 이편과 저편을 가르는 경계가 되었다. 저들이 살아남기 위해서 산으로 숨어 들어갈 수밖에 없었던 것처럼 우리 역시 살아남기 위해서 저들의 뒤를 쫓아

산을 뒤지고 돌아다닐 수밖에 없었다.

협곡을 따라 후퇴하다가 차일혁은 걸음을 멈추고 사위를 둘러봤다. 불현듯 적군이 1중대원들이 후퇴할 때 끝까지 뒤를 쫓지 않은 이유가 궁금해졌다. 적군이 추격을 멈추지 않았다면 아군의 피해는 더 컸을 것이다. 적군이 노린 것은 우리를 풀어 준 뒤 적당한 때에 모두 전멸시키는 것인지도 모른다는 생각에 작전을 변경했다.

협곡을 따라서 설천지서로 가는 것은 위험했기에 산을 타고 무풍지서로 가야 했다. 비록 대놓고 불만을 털어놓는 사람은 없었으나 다시 산으로 오르라는 지시에 대원들은 어리둥절한 표정을 지었다. 5부 능선을 타고 차일혁 부대는 아홉 시간가량을 행군했다. 무풍지서에 도착했을 때 일행은 서 있는 힘조차 없을 만큼 녹초가 되었다.

빨치산이 내려온 줄 알고 지서원들이 사격을 해서 몇 명의 대원이 부상을 당했다. 지서원과 친분이 있는 부대원이 대화를 나누고 난 뒤 문이 열렸다. 차일혁 부대는 무풍지서에서 밤을 샌 뒤 설천국민학교로 돌아와 전열을 가다듬었다. 그리고 부대원의 시신이 널브러져 있는 심곡리로 향했다.

무청을 널어놓은 토담 아래에도, 외양간의 여물통 앞에도, 부는 바람에 황금빛으로 출렁이는 아름드리 둥치가 굵은 은

행나무 주위에도 피를 흘리고 죽은 대원들의 시신이 널려 있었다. 전우의 시신을 옮기는 내내 대원들은 분을 삭이지 못하고 씩씩거렸다. 여기저기서 주민들을 처벌해야 한다는 목소리가 불거졌다. 그도 그럴 게 주민들이 거짓 제보를 하지 않았다면 대원들이 무참히 죽을 일은 없었을 것이다. 전우의 시신을 수습한 뒤 차일혁 부대원들은 주민들을 불러 모았다. 차일혁은 소리는 작으나 엄한 말투로 물었다.

"마을에 젊은 남자들은 다 어디에 가고 없소?"

차일혁의 말이 떨어지기 무섭게 흥분한 한 대원이 소리쳤다.

"통비 분자가 아니라면 왜 거짓 제보를 한 거야. 마을에 젊은 사내라고는 한 명도 보이지 않는 것도 수상하고."

다른 대원이 주민을 향해 총구를 겨누자 어미 품에 안겨 있던 어린애가 울음을 터뜨렸다. 그 울음소리에 놀란 나머지 일시에 여자들이 사시나무 그림자가 흔들리듯 바들바들 몸을 떨었다. 마을의 연장자인 듯 허연 턱수염을 하고 볼 고랑이 홀쭉한 노인이 두 팔을 든 채 차일혁의 앞으로 다가왔다.

"그렇게 서릿발같이 고함을 치니 마을 사람이 대답은커녕 빼꼼 구다보지도 못하잖소. 힘깨나 쓰는 젊은 사내들이 왜 없겠소? 빨치산들이 짐꾼으로 끌고 갔소. 여덟 달 전 토벌대가 이 마을에 들어와서 어떻게 했는지 아시오? 치마만 둘렀

다 하면 애고 어른이고 아무 데나 끌고 가서는…… 아조 창
피스러워서 더는 말을 못 잇겠소. 우리는 토벌대를 보면 젊
은 여자들을 끌고 가지 않을까 걱정이고, 빨치산들을 보면
젊은 사내들을 끌고 가지 않을까 걱정이라우. 끌려간 소는
실컷 무거운 짐을 짊어지고서 가파른 산길을 오른 뒤 빨치산
이 묵는 곳에 닿자마자 도끼에 대가리를 맞고서 죽는다고 들
었소. 그리고는 심장부터 도려내 먹는다지요. 빨치산이 짐
꾼으로 끌고 갔으니 소처럼 실컷 부려 먹고 죽일지도 모르
는 일이 아니오. 끌려간 남정네들은 누군가의 아들이요, 서
방이요, 애빕니다. 종내 집으로 돌아올지, 다시는 못 볼지도
모르는 상황이니 어찌 빨치산들이 시키는 대로 하지 않겠소.
우리에게 죄가 있다면 조상 대대로 묵정밭 일구고 살아온 이
마을을 떠나지 못한 것밖에 없으니…… 기언치 우리에게 책
임을 묻겠다면 여기 모인 늙은이와 아녀자들을 모다 쏴서 죽
이시구려."

　말을 마친 노인의 두 눈에는 흘러내린 눈물이 볼 고랑을
타고 흘렀다. 한편에서는 '자유민주주의 수호'를, 다른 한편
에서는 '반제국주의 해방'을 주장했지만, 전쟁을 겪는 주민
에게는 양측이 내세운 명분보다도 자신과 가족의 안위가 더
중요했을 것이다. 산간 지역 주민들은 낮에는 군경들로부터

밤에는 빨치산들로부터 식량과 가축을 뺏기고 피붙이가 불려 나가 맞아 죽는 고초를 겪어야 했다. 그들에게는 어느 쪽이든 상관없었다. 군경이든 빨치산이든 총을 들고 있기는 마찬가지여서 자신들의 목숨을 죽이고 살릴 수 있었다.

주민에게 정중하게 사과한 뒤 차일혁은 부대원들을 데리고 본부로 돌아왔다. 귀대하다가 설천국민학교 앞에 다다랐을 때 차일혁은 때 이른 첫눈을 맞았다. 차일혁은 하늘을 향해 팔을 뻗었다. 허공에 흩날리는 흰 눈송이들이 손바닥에 닿더니 축축한 물이 되었다. 진눈깨비가 흩날리는가 싶더니 금세 눈발이 거세져서 하늘에는 굵고 흰 점들이 부는 바람에 춤을 췄고, 땅에는 목화솜 같은 눈들이 쌓여 갔다. 부대원들이 낡은 담벼락 아래 모여서 눈을 털었다. 차일혁은 눈송이들이 죽은 부하들의 넋인 것 같아 마음이 착잡했다. 수습하지 못한 시신이 있는 게 아닐까하는 걱정이 들기도 했다. 시신은 내리는 눈을 맞고서 그대로 눈사람이 될 것이었다.

며칠 뒤 차일혁은 설천국민학교 운동장에서 구천동전투에서 죽은 전우들의 합동 장례식을 거행했다. 조총을 쏘고, 제문을 읽고, 18대대가를 합창하고, 쌓여 있는 28구의 시신에 불을 질렀다. 시신 위에는 청솔가지가, 아래에는 참나무 마른 장작이 쌓여 있었다. 석유가 뿌려져 있는 까닭에 불은 허공 높이 솟구쳤다. 불길이 솟구칠수록 괴이한 파열음이 연속적으로 들렸다. 시신의 배 속 공기가 팽창돼 배가 부풀어 올랐다가 터지는 소리였다. 이내 장작 위에 놓인 시신들은 매운재가 되었다. 노린내가 진동을 했다.

합동 장례식 소식을 듣고서 망자의 마지막 가는 길을 배웅하러 온 유족들이 오열을 터뜨렸다. 몇몇은 땅바닥에 엎드려 통곡을 했고, 몇몇은 정신을 잃고 쓰러졌다.

사찰유격대가 수색하다가 57사단 소속 정찰대 3명을 사로잡았다. 차일혁을 그들을 심문하다가 몇 가지 사실을 알 수 있었다. 구천동전투에서 그나마 부대가 전멸하지 않은 것은 협곡이 아닌 능선의 험로를 택했기 때문이었다. 차일혁의 예상대로 57사단 소속 빨치산들은 협곡에 잠복해 있었던 것이다. 57사단이 덕유산으로 거처를 옮긴 것은 이현상의 지령으로 6지대와 합류해 경찰부대를 전멸하기 위해서였다. 1주일간 적들에게 구금돼 있던 부대원이 부대로 돌아왔는데, 그의 손에는 이영회가 보낸 서한이 들려 있었다.

차일혁은 오메가 시계를 바지 주머니에 넣었다. 비서를 부른 뒤 유도수와 양희근을 찾아서 데려오라고 했다. 10분도 되지 않아서 유도수와 양희근이 뛰어왔다. 양희근은 말없이 서 있었고, 유도수가 숨을 헐떡이다가 입을 뗐다.

"찾으셨다고요?"

"한잔하러 가자."

두 녀석이 어리둥절한 표정을 지었다.

두 녀석은 술꾼이었다. 체격이 좋아서인지 어지간히 마셔서는 술에 취하지도 않았다. 하지만 술에 장사가 없는지라 두 녀석은 취했다 하면 주사가 심했고, 그 주사로 인해 말썽을 일으키기도 했다. 두 녀석이 술집에서 술을 마시다가 군인 10여 명과 시비가 붙은 적이 있었다. 머릿수에 밀려 어떻게 해 볼 도리가 없자 두 녀석은 달아났다. 문제는 술상 위에 수갑을 그대로 놓고 도망을 쳤다는 것이었다. 차일혁은 술집 주인이 수갑을 들고 찾아와 뒤늦게 그 사실을 알게 되었다.

두 녀석은 형제처럼 붙어 다녔다. 입대 전 유도수는 축구 선수였다. 유도수가 팀원이 된 뒤 전주고등학교 축구팀은 전국 고등학교 선수권 대회에서 잇따라 우승했다. 6.25전쟁이 발발하자 김가전 전라북도 도지사의 수행원으로 배속됐으나, 도지사가 공무 중 급서하자 유도수는 차일혁의 보신병으로 오게 됐다. 축구 선수 출신인 유도수와 빨치산 출신인 양희근이 어떻게 단짝이 됐는지 알 수 없는 노릇이었다.

지프차가 멎은 곳은 요정 집인 벽오동碧梧桐이었다.

충주의 한 유지가 벽오동에서 저녁을 접대한 적이 있었다. 술이 거나하게 취하자 유지는 기녀의 저고리에 손을 넣어서 가슴을 주물럭거리면서 "미군 부대에 줄을 대게 해 주면 서장님이 차린 직업학교에 후원금을 주겠다."고 말했다. 유지가 말한 직업학교는 충주직업청소년학원을 일컫는 것이었다. 학교에 가지 못하는 가난한 아이들에게 기술을 가르치기 위해 세운 학원이었다. 다른 좋은 말을 두고서 차렸다고 표현하는 것 자체가 맘에 들지 않았다. 게다가 후원금 운운했지만, 엄밀히 말하면 거간꾼 역할을 해 주면 와이로(뇌물)를 주겠다는 의미였다.

그날 이후 처음 찾는 술집이었다. 종종 부하들을 불러서 술판을 벌이긴 했으나 가 봐야 국밥 집이었다.

열린 솟을대문 틈으로 너른 마당이 보였고, 장명등이 환하게 불을 밝히고 있었다. 정면에는 네 칸의 방이 있는 길쭉한 안채가, 그 옆에는 한 칸의 방이 있는 사랑채가 보였다. 안채며 사랑채며 지붕의 기와들이 흘러내린 것 없이 고르게 놓여 있었다. 차일혁은 전쟁 중에는 하루도 빠지지 않고 B29기가 상공에서 폭탄을 투하하는데도 불구하고 어떻게 고택이 부서진 곳이 없는지 의아했다. 부는 바람에 안채 처마에 걸린 풍경에서 맑은 소리가 났다. 차일혁 일행은 사랑채로 들어섰다. 방에는 큼지막한 금궤가 놓여 있었고, 그 위에 둥근 백자가 놓여 있었다. 벽에는 거문고가 세워져 있었다.

술상을 두고서 방석에 앉자 주모가 방에 들어와서 물었다.

"서장님께서 어쩐 일이세요. 우리 집을 다 찾아 주시고."

차일혁은 앉은 채로 목례만 한 뒤 입을 뗐다.

"술은 뭐가 있소?"

"이것저것 있지만 그래도 위스키가 좋지요."

"알아서 한 상 차려 주구려."

술상이 나오기 전에 차일혁이 말했다.

"내 눈치 보지 말고 실컷 마셔라."

상에는 전골이며, 숭어회며, 전이며 안주들이 차려졌고, 미군 PX에서 공수한 것으로 보이는 위스키 병이 놓였다. 두 명의 기녀가 들어와 앉았다. 차일혁은 부하들의 잔에 차례대로 술을 따랐다. 술잔을 들고 있는 양희근의 두 손이 떨렸다. 과음 때문에 생긴 수전증手顫症이었다.

전선에서는 총알이 빗발치고 포탄이 허공에서 쉴 새 없이 터지는 순간에도 몸을 사리지 않고 뛰어다니며 적군을 사살하던 양희근이었다. 그런 양희근이 술자리에만 앉으면 말없이 술잔만 기울였다.

양희근은 차일혁이 무주경찰서장으로 근무할 때 귀순해 왔다. 양희근은 여순 사건 이후 지리산으로 들어가 임치순이라는 가명을 쓰며 빨치산 활동을 펼쳤고, 그 공로를 인정받아 북한으로부터 국기훈장 2급까지 추서받았다. 뼛속까지 빨갱이인 양희근이 귀순한 이유는 여자 때문이었다. 산에서 만난 전북 군산 출신의 간호병과의 사이가 동지에서 정인情人으로 발전했고, 결국 두 사람은 투항할 수밖에 없었던 것이다.

빨치산 출신이었던 터라 양희근은 산속의 지리는 물론이고 빨치산의 이동 경로까지 꿰뚫어 보았다. 사살된 이현상의 신원을 확인하고, 이영회를 사살한 것도 그였다. 수색대의 입장에서는 공로였지만, 그의 입장에서는 죄의식이었는지도 모르겠다. 한때는 동지였던 사람들을 죽였다는 사실이 두고두고 그를 괴롭히는 눈치였다.

술잔이 몇 순배 돈 뒤 차일혁은 오메가 시계를 양희근에게 건넸다. 양희근이 두 눈이 커졌다. 제 옆에 앉은 기녀의 어깨를 끌어안고 귓속말로 시시덕대던 유도수가 앉은 채로 차렷 자세를 취했다.

"왜 그렇게 술을 마시고 다녀?"

양희근이 고개를 숙였다.

"괴로워서 그럽니다."

"뭐가 괴로운데?"

양희근은 단호한 표정을 지으면서 말을 이었다.

"서장님한테는 그 시계가 의령경찰서장의 것으로 보일 테지만, 제게는 이영회의 것으로 보입니다. 제가 직접 이영회의 시신에서 시곗줄을 풀었으니까요. 이미 이영회의 시신은 온몸에 수도 없이 많은 총상을 입고서 차갑게 식은 상태였는데 시곗바늘은 잘도 돌아가고 있더군요."

1년 전 차일혁은 이영회 부대가 의령경찰서를 습격했다는 소식을 전해 들었다. 당시 이영회는 995부대를 이끌고 있었다.

휴전 뒤 북한은 빨치산들에게 산에서 내려와 도심에서 게릴라전을 펼칠 것을 지시했다. 빨치산들의 처지에서는 따르고 싶어도 따를 수 없는 명령이었다. 빨치산들에게는 산 말고는 갈 곳이 없었다. 당으로부터 어떠한 지원도 기대할 수 없는 상황에서 군경의 토벌은 더욱 극심해졌다. 보급 투쟁을 하려면 제법 인가가 밀집한 지역까지 내려와야 했는데 어렵게 읍면소재지에 당도한다 해도 군경과의 대치가 불가피했다. 전쟁 전 지서에는 고작 십여 명의 지서원밖에 없었지만, 전쟁 후에는 지서원이 백여 명으로 늘었다. 게다가 정신적 지도자인 이현상마저 죽은 뒤였다.

60여 명의 부하를 이끌고 있던 이영회는 결단을 내리지 않을 수 없었을 것이다. 이영회는 대담하게도 지리산에서 원거리인 의령읍을 보급 투쟁의 장소로 결정했다.

　이영회 부대는 경찰서부터 습격했다. 불의의 습격에 당황한 경찰들은 응전할 채비도 못 갖추고 총격을 받았다. 지역 유지들과 환담 중이던 의령경찰서장은 그 자리에서 총알을 맞고 죽었다. 부대원들은 경찰서 건물에 불을 지른 뒤 군청, 우체국, 전매서, 금융조합, 의령면사무소들을 차례대로 약탈하고 방화했다. 순식간에 주요 시설들이 불길에 싸였음에도 의령읍 외부에서는 이영회 부대의 습격 사실조차 모르고 있었다. 이영회 부대원들이 외부 도로를 차단하고, 전화교환소가 있는 우체국을 장악했기 때문이다. 이영회 부대원들은 무기, 식량, 의약품 등을 약탈한 뒤 다시 트럭에 올라 유유히 의령을 빠져나갔다. 그런데 진동재 고개에 이르렀을 때 트럭이 고장이 나서 걷기 시작했다. 그때서야 경찰대는 이영회 부대가 의령읍의 주요 시설을 습격하고 약탈했음을 알게 됐다. 의령, 함안, 진주, 마산, 사천, 고성, 창녕 등 인근 주요 경찰대가 총동원됐고, 육군 보병 56연대도 합천 방면으로 향했다. 경찰대는 이영회 부대가 도주할 만한 주요 지점에 병력을 매복시켰다.

당시 서남 지구 전투경찰대 2연대장인 차일혁은 부대원들에게 한우산과 자굴산 일대를 수색하라고 명령했다. 이튿날 새벽 2시경 이영회 부대는 산청군의 경계를 통과하다가 경찰 수색대에 발견됐다. 당시 양희근은 죽은 이영회의 시신을 발견했다.

이영회가 사살됐다는 소식을 듣고서 차일혁의 마음이 착잡했다. 이영회는 비록 일면식조차 없었지만 행동거지만 보자면 제법 끌리는 사람이었다. 심곡리에서 만난 노인이 걱정했던 것과 달리 짐꾼으로 끌고 간 마을의 남정네들을 돌려보냈고, 전투 중 포로로 붙잡힌 의용 경찰들도 어떠한 고문도 하지 않고 돌려보냈다.

"이영회도 저와 마찬가지로 여순병란(빨치산들이 여순 사건을 일컫는 말) 때 반란군에 가담한 구 빨치산 출신입니다. 여순 사건 이후 구 빨치산들을 이끌고 산으로 들어갔기 때문에 이현상은 구 빨치산들과는 남다른 유대감을 지녔습니다. 한국전부터 토벌대에 쫓기는 상황까지 함께했으니까요. 듣자 하니, 이영회는 14연대 대전차포 중대 상사 출신이라고 합니다. 산에 들어간 뒤 그는 이현상에게 충성을 다했고, 이에 보답이라도 하듯 이현상은 그를 남부군 부사령관으로 임명했죠. 직감적으로 저는 가죽 잠바에 당꼬 바지를 입은 시신을 봤을 때 이영회라는 것을 알 수 있었죠. 그때 저는 이런저런 생각을 해야 했습니다. 한편으로는 귀순하지 않았다면 나도 저렇게 죽었겠구나, 하는 생각이 드는가 하면, 다른 한편으로는 귀순하지 않았다면 한때의 동지들을 죽이지 않았을 텐데, 하는 생각이 들더군요."

양희근에 말이 끝나자마자 차일혁은 술상에 놓인 럭키스트라이크 담뱃갑에서 세 개비를 꺼냈다. 한 개비는 자신의 입에 물고 양희근과 유도수에게 한 개비씩 건넸다. 유도수가 라이터를 켰다. 차례대로 담배에 불을 붙인 뒤 차일혁이 입을 뗐다.

"그래도 아내를 생각해서 마음을 다잡고 살아야지."

양희근이 담배 연기를 길게 내뿜은 뒤 상념에 젖은 눈빛으로 말했다.

"적군과 대치했을 때입니다. 적군이라고 하니 우습군요. 지금은 함께 빨치산을 잡으러 다니는 동지들인데요. 그러고 보니 제 행동이 군경의 입장에서는 귀순이지만, 빨치산의 입장에서는 변절일 테지요. 하루는 밤늦게까지 능선을 사이에 두고 양쪽이 대치한 적이 있었어요. 해가 서산으로 넘어간 뒤 이편에서「김일성 장군의 노래」를 부르자, 저편에서 답신이라도 하듯「신라의 달밤」을 부르더군요. 그런데 그날은 '숲속에서 사랑을 맺었던가'라는 가사를 들을 때는 제 목 구멍이 콱, 막히더군요. 하늘을 올려다보니 식혜를 담은 그 릇에 둥둥 뜬 밥알처럼 수많은 별들이 흘러가더군요. 이전까 지 저는 이 땅의 인민들을 해방하기 위해서는 미 제국주의 와 이승만 도당들과 맞서 싸울 수밖에 없다고 생각했어요. 제 목숨을 바칠 각오도 돼 있었고요. 그런데 그날 밤에는 하 늘에 뜬 별들을 보고 있으니 제 신세가 처량하게 느껴지더 군요. 적어도 제 자신에게는 솔직해지자 하는 생각이 들었 어요. 그러자 이런 반문을 하게 되더군요. 산에 들어온 이유 가 뭐냐? 여순 사건 이후 저는 살기 위해서 산에 숨어 들어 갈 수밖에 없었습니다. 왜 전쟁을 해야 하는가, 하는 문제는 김일성이나 이승만의 몫이죠. 우리 같은 따라지들은 그저 살 기 위해서 싸웠던 것입니다. 인민군이 낙동강까지 내려갔을 때는 빨치산들도 우리 세상이 온 줄 알았죠. 마을마다 인공 기가 걸렸으니까요. 당시 저는 다른 빨치산들과 함께 미군과 맞서 싸웠어요. 그때는 먹을 것이며 입을 것이며 뭐든지 풍 족했죠. 미군에게 뺏은 씨레이션 깡통에는 고기들이 많았어 요. 다시 입산한 뒤부터 빨치산들은 어디에서도 보급을 받을 수 없었어요. 우리가 지닌 것이라곤 당증이라고 부르는 숟가 락 하나와 소금 한 통이 전부였죠. 밤낮을 가리지 않고 미군

전투기들이 산마다 폭격을 했고, 그 시커멓게 불에 탄 산등성이를 미국으로부터 지원을 받은 군경들이 해 뜰 무렵부터 해 질 녘까지 수색을 했죠. 우리는 산짐승과 다름없는 처지였죠. 이미 승패는 정해져 있었어요. 끝까지 맞서 싸운다면 산에서 굶어 죽거나 아니면 적군에 의해 총살당할 수밖에 없는 상황이었어요."

양희근의 말은 옳았다. 차일혁이 조직한 사찰유격대에는 33명 중 한 명을 제외하고는 모두 빨치산 출신이었다. 차일혁이 체포한 빨치산에게 가장 먼저 "살고 싶은가? 죽고 싶은가?"라고 물었다. 이 질문만 듣고도 눈빛이 흔들리는 사람이 많았다.

산에는 없는 게 많았다. 산사람들은 먹을 게 부족해 자주 배를 주려야 했고, 침낭이 부족해 자주 찬이슬을 맞아야 했다.

상대가 눈빛이 흔들린다 싶으면 차일혁은 곧바로 "집에 돌아가서 부모님을 모시고 살고 싶지 않은가?"라고 물었다.

굶어 죽지 않고 살아 있으니 산사람들에게도 주린 배를 속일 먹을거리는 있을 것이었다. 밤에는 잠을 자야 하니 몸을 널 가마니라도 있을 것이었다. 노상 붙어 다니니 산골짜기 나무 그늘 아래서 어깨에 머리 기댈 정인情人도 있을 수 있다. 하지만 아무리 이 산 저 산으로 싸돌아다녀도 부모님은 찾을 수 없었다.

부모님이라는 말을 들으면 뼛속까지 빨간 물든 빨치산이 아니라면 맘이 흔들리기 마련이었다.

양희근은 재떨이에 담배를 비벼 끈 뒤 말을 이었다.

"아시겠지만 아내는 간호대원이었어요. 정인이라고는 하지만 우리가 서로의 마음을 전할 수 있는 길은 눈인사를 나누는 게 고작이었죠. 전투가 끝나면 그 사람은 내가 살았는지부터 확인했죠. 전투 중 총상을 입은 것을 치료해 준 것도 아내였습니다. 어깨에 박힌 총알을 빼 준 뒤 미군에게서 얻은 항생제 주사를 놔 주고 해열제도 줬죠. 그런데 하루는 저녁에 주먹밥을 먹은 뒤 먼산바라기를 하고 있는데, 아내가 다가와서 주변을 살펴보고 아무도 없는 것을 확인하더니 제게 꼬깃꼬깃해진 문서 한 장을 보여 주더군요. 그 문서는 서장님이 직접 쓴 빨치산들의 귀순을 권고하는 전단지였습니다."

양희근이 말한 전단은 1951년 4월경 차일혁이 작성했던 것이었다.

빨치산 간부 및 전사들에게.

이 글은 그대들의 생사를 좌우하는 내용이 담겨 있는 만큼 그대들의 지휘관의 눈을 피해 끝까지 읽어 보고 믿어 주길 바랍니다.

그대들의 귀여운 자녀와 다정한 아내를 돌아볼 사이도 없이 입산한 지 제법 오랜 시간이 지났을 것입니다. 작년 겨울 무서운 추위에 그대들 손발은 얼어 터지고, 심신은 모두 지쳤을 것입니다.

이제 우리 경찰과 군인은 대대적인 토벌 작전을 단행하기 전에 마지막으로 그대들에게 권고하니 따뜻한 부모의 품으로 돌아오시오.

매일 밤 그대들의 친지가 있는 부락에 내려와 죄 없는 사람들을 죽이고 물건을 강탈하는 것이 그대들의 진심이 아니라는 것을 우리도 잘 알고 있습니다. 그대들도 달 뜨는 저녁, 꽃 피는 아침 깊은 산중 고요한 가운데서 한 줄기 눈물을 흘렸을 때도 있었을 것입니다.

비록 누추할망정 그대들 가족이 있는 집으로 돌아오시오. 아직도 집에는 사랑하는 아내와 귀여운 자식과 피를 나누어 준 부모가 기다리고 있습니다.

우리는 모두 같은 민족 한 형제입니다. 언제부터 우리가 민주주의와 공산주의를 알았단 말입니까? 부디 가족의 구성원으로 돌아와 형제의 품에 안기시오.

나와 조상의 명예를 걸고 그대들에게 약속합니다. 그대들에게 어떠한 죄가 있더라도 진심으로 과거를 회개하고 돌아온다면 관대히

선처하여 가족의 품에 돌아갈 수 있도록 해 줄 것을 굳게 약속드립니다.

제18전투경찰대대장 차일혁

전단지 아래에는 도경 국장 명의의 귀순자 취급의 특별 지시 사항도 명시돼 있었는데, 하산해 자수한 귀순자들에게는 생명 보장은 물론이고 일절 위협하지 않고 귀순 권고 삐라를 소지했을 경우 직장을 알선하고 여비를 조달하며, 무기를 휴대하고 귀순했을 경우 후상을 주겠다는 것이었다. 실제로 그 선무용 전단은 제법 효과가 있어서 이전과 달리 귀순자가 늘었다.

귀순한 빨치산들 중 더러는 사찰수색대의 소속원이 되었다. 그들은 빨치산들이 움직이는 길목을 잘 알고 있었다. 산을 떠난 빨치산들이 산에 남은 빨치산들을 잡는 형국이 된 것이다.

차일혁은 부하들의 잔에 술을 따른 뒤 말했다.

"네가 귀순하면서 그 전단지를 보여 줬을 때 솔직히 나는 놀랐다. 1년 동안 그 전단지를 다른 사람의 눈을 피해 어떻게 보관했는지 궁금하기도 했다."

양희근이 귀순했을 때 차일혁은 무주경찰서장으로 근무하

고 있었다. 군경 합동 작전이 계속되고 있던 중 공비 두 명이 안성지서에 귀순해 왔다. 남녀 공비가 함께 귀순한 것은 처음이었다. 양희근 부부는 경찰서장을 불러 달라고 요청했고, 차일혁은 보고를 받고 안성지서로 갔다.

양희근의 남루한 옷에는 팥죽색 피가 굳어 있었다. 여자도 몰골이 말이 아니긴 마찬가지였다. 하지만 남녀 모두 두 눈은 인광燐光이 비칠 만큼 형형했다. 새 옷을 갈아입히고 난롯가에 앉게 한 뒤 저녁 식사를 건네자 두 사람은 허겁지겁 밥을 먹으면서 서로 안도의 눈빛을 주고받았다. 심문에 앞서 차일혁은 간단한 자기소개를 했다. 양희근은 차일혁이 18대 대장으로 근무할 때부터 소문을 들어서 알고 있다고 했고, 양희근의 아내가 그 사실을 증명이라도 하듯 꼬깃꼬깃해지고 테두리가 헤진 전단지를 보여 줬다. 두 사람은 순순히 자신들의 전력을 털어놨다. 양희근은 순천 출생으로 여순 사건으로 입산한 뒤 제2병단에 배속돼 이현상을 보위保衛했고, 이후 경남도당의 이영회 부대에 배속돼 많은 전공을 세워 정찰대장에 임명됐다고 했다. 여자는 군산 출생으로 전쟁 중 입산해 위생부(간호병)로 근무했다고 했다. 정찰을 가장해 길을 나섰다가 부하 2명을 죽이고 자수하게 됐다는 말도 덧붙였다.

양희근은 빨치산 부대가 안성면에 보급 투쟁을 나갈 계획이라는 사실도 알려 줬다. 군경의 동계 대공세에 밀린 이영회 부대는 덕유산으로 거처를 옮겨야 했던 상황이었다. 새벽이 되자 적들이 산에서 내려와 안성면으로 향했다. 수도사단은 중화기로 적군의 후미를 공격했고, 무주경찰서 부대는 도주하는 적군의 뒤를 밟았다. 그 결과 대승이었다. 160여 명의 적군을 사살하고, 100여 명의 포로를 잡는 전과를 올렸다. 모두 양희근의 정보 덕분이었다.

사찰유격대의 일원이 된 뒤에도 양희근은 제 몫을 다했다. 회문산 일대에서 암약했던 이상윤을 사살하는 데도 양희근의 역할이 컸다. 팔로군 출신인 이상윤은 수류탄을 실험하다가 한 팔을 잃은 까닭에 외팔이라고 불렸다.

차일혁은 양희근의 심정을 이해할 것 같았다. 사찰유격대의 전과를 세우는 일이 그에게 옛 동지를 배신하고 살해하는 일일 테니까. 양희근이 술잔을 들어서 벌컥, 마셨다.

"아마도 속바지 같은 데 전단지를 숨기고 다닌 모양이더군요. 그 전단지를 보는 순간 아내의 속마음을 알 수 있었죠. 저는 전단지를 다시 잘 숨겨 두라고 말한 뒤 아무것도 못 본척하며 다시 먼산바라기를 했어요. 그 이튿날 아침 저는 부대원들을 데리고 정찰을 나갔죠. 산을 내려오는 내내 저는 고민했죠. 부하들을 설득시켜서 함께 귀순할 방법은 없을까, 하고. 하지만 아무리 생각해 봐도 방법이 없었어요. 부하들은 구 빨치산이었기 때문에 뼛속까지 공산주의 물이 들어 있었어요. 설득한다고 넘어올 놈들이 아니었어요. 지휘관 마음이긴 하지만 대부분의 빨치산부대는 전투 중 잡은 포로들에 대해서는 관대해서 다시는 군경에 복무하지 않겠다는 서약서만 받고 돌려보내 줬죠. 하지만 군경의 손아귀에 들어간 아군에 대해서는 조금도 관대하지 않았죠. 설령 살아서 돌아와도 자결하지 않고 생포된 과오를 물어서 총살했어요. 달리 방법이 없었죠. 부하들을 죽이지 않으면 저와 아내가 죽을 위기이니까요. 산에서 다 내려왔을 때 저는 들고 있던 총의 총구를 부하에게 겨눴어요. 부하의 표정을 잊을 수 없어요. 하늘에서 쏟아지는 햇빛에 눈이 부셔서 아찔해지더군요. 저는 방아쇠를 당겼죠. 곧바로 그 뒤에 서 있던 부하에게도 한 발을 쐈죠. 제 동작이 원체 날쌔서 그놈은 어리둥절한 표정조차도 지을 겨를이 없었죠. 그놈은 총알이 심장을 관통했는지 몸부림을 치지 않았어요. 하지만 먼저 총을 맞은 놈은 총알이 심장을 비켜 갔는지 바닥에 쓰러진 뒤에도 사지를 바동거리더군요. 두 놈의 모습이 지금도 뇌리를 떠나지 않아요. 한 놈은 이미 저 세상으로 건너간 듯 사지를 뻗고 누워 있는 반면, 다른 한 놈은 이 세상에 대한 미련을 버리지 못하더군요. 저는 놈의 고통을 덜어 주기 위해서 머리에 한 발을 더 쏴야 했어요. 그것으로 끝이었죠. 귀순할 때까지 아내와 나는 아무 말도 할 수가 없었어요. 그저 앞만 보고 갈 길을 갔죠. 아내는 한 차례 비트(비밀아지트)가 있는 곳을 돌아봤으나 저는 아내의 손목을 잡아끌었죠. 그런데 그날 이후 총을 쏠 때마다 왼쪽 눈앞에 검은 그림자가 어른거리는 것을 느끼게 됐어요. 하루살이 같은 게 떠다녔어요. 기이한 건 다른 때는 얼씬거리지도 않다가 총을 쏠 때만 나타난다는 겁니다."

묵묵히 양희근의 말을 듣고 있던 유도수가 입을 뗐다.

"나도 이 갓댐 전쟁이 아니었다면, 그라운드를 누비면서 골문에 공깨나 넣었을 거라고. 오늘은 대장님이, 아니, 서장님이 우리를 위해 술자리를 마련한 거니까 그딴 소리는 집어 치우고 맘을 풀고 허리띠도 풀고 술이나 마시자고."

유도수는 양희근의 잔에 술을 따른 뒤 건배를 제의했다. 두 녀석은 단숨에 술을 마셨다. 양희근이 차일혁을 쏘아보면서 말했다.

"이영회의 시신이 어땠는지 압니까? 남들은 그의 복장이 화려하다는 이유로 귀족 빨치산 운운하지만, 그 복장은 모두 경찰 간부에게서 뺏은 게 아닙니까?"

차일혁은 말없이 머리를 주억거렸다.

"이영회 대장은 용감한 사람이었어요. 하지만 그도 여자에게만은 한없이 약한 사람이었죠. 그에게는 산중처가 있었어요. 애정 행각이 너무 눈에 띈다는 힐난의 소리를 듣고서 그는 '입산한 뒤 사람답게 살아 본 적이 하루도 없다. 앞으로도 나는 이렇게 살다 죽을 게 뻔하다. 내게도 이 세상에 태어나 서로 사랑한 한 사람의 여인쯤 있어도 좋지 않을까?'라고 반문했다고 하더군요. 이영회도 정인은 있었고, 이현상도 정인은 있었지만, 저와 같은 선택을 하지는 않았습니다. 시쳇말로 그들도 저처럼 생살이 부어서(음욕이 동해서) 통정을 한 것이지만, 그렇다고 해서……."

차일혁은 양희근이 왜 그토록 힘겨워하는지 알 것 같았다. 들은 바로는 이현상은 휴전 직후 자신의 아기를 밴 여자를 포함해 빨치산 간부들의 산중처들을 모두 하산하라고 지시했다고 한다. 이때 이영회의 산중처도 하산해 목숨을 건질 수 있었다.

양희근이 길게 한숨을 내쉬었다.

"벌집이 된 이영회의 시신을 내려다보고 있으려니 바닥에 누워 있을 건 그가 아니라 저라는 생각이 들더군요. 이영회는 신념을 버리지 않고 죽음으로써 영원히 살 수 있었습니다. 하지만 저는 동료들을 배신하고 살해한 뒤 귀순했지만 새로운 동료들에게 곱지 않은 시선만 받고 있습니다. 최근에는 이런 생각이 듭니다. 어차피 개로 살 것이라면, 실컷 제 맘대로 짖어 대는 적구赤狗가 쉰밥 한 덩이에 으르렁대며 싸워 대는 황구黃狗보다는 낫지 않나, 하는 생각. 귀순자 중에서 제대로 승진한 사람이 있습니까? 김용식 대장은 얼굴을 떼서 가져오려고 죽은 이현상의 모가지에 총알을 여덟 발이나 쐈습니다. 그 공로로 훈장도 받았죠. 하지만 김용식 대장이 어디까지 올라갈 것이라고 봅니까?"

양희근의 말에 차일혁은 아무 대답도 할 수 없었다. 틀린 말이 없었거니와 설움이 북받쳐 말소리가 점차 높아지는 양희근에게는 어떤 말을 해도 위로가 될 것 같지 않았다.

"서장님, 「공비의 말로」라는 글을 기억하시죠?"

「공비의 말로」는 문숙묵이 쓴 글이었다. 문숙묵은 북한군 중좌로 6사단 참모장으로 남하했다가 낙오돼 입산했다. 지리산 유격대 사령부 작전참모장으로 활동했던 그는 귀순한 뒤 「공비의 말로」라는 글을 써서 발표했다.

"산에 있은들 귀순한들, 빨치산인들 경찰인들 공비의 말로는 어차피 정해져 있는 거 아닙니까?"

차일혁이 말없이 담배만 피워 대자 유도수가 술상에 놓인 숟가락을 들었다.

"희근아, 이걸 가리켜 빨치산들은 당증이라고 한다면서? 우리도 마찬가지다. 이 숟가락이 민증民證이다. 여기 소속, 이 세상 사람이라는 증거다. 빨치산들은 군경의 총에 죽는 걸 개밥 된다고 한다면서? 개밥 되는 것보다는 이렇게 살아 있는 게 낫지 않니? 개똥밭을 굴러도 저승보다는 이승이 낫다고 했다. 모처럼 서장님 모시고 회포를 푸는 자리인데 이렇게 분위기가 가라앉아서 되겠냐? 그러니 노래나 한 자락 하자."

해는 이미 서산에 빛을 숨기고
어두운 빛을 사방에 들이밀어 오노라
만경창파에 성난 파도 뱃머리를 진동해
두둥실 떠가는 작은 배 나 갈길 막연해
두둥실 떠가는 작은 배 나 갈길 막연해

양희근이 노래를 하는 동안 유도수가 기녀들에게 젓가락 장단을 넣으라고 소리를 질렀다.

차일혁은 노래가 끝날 무렵 조용히 자리를 일어서 방을 빠져나왔다.

"술값은 다음에 주지."

마중 나오는 술집 주인에게 차일혁이 말했다. 벽오동 앞에는 제비처럼 날렵하게 생긴 검은 자동차들이 서 있었다. 어느 방에서는 가야금 뜯는 소리가 들렸다.

찬바람을 맞으니 술기운이 가셨고, 산속에서 본 아군과 적군의 시신들이 눈앞에 스쳐 갔다. 못 볼 것을 너무 많이 봤다는 생각이 들었다. 차일혁은 야상 주머니에서 염주를 꺼냈다. 자신이 잊고 싶은 게 많아서 염주를 찾는 것처럼 양희근도 잊고 싶은 게 많아서 술잔을 기울이는 것이겠거니 싶었다.

매향암각을 새긴 사람들
— 1991년 12월경 예산 임존성

비비안나 부부가 김포공항에 도착한 것은 12월 15일이 었다. 12월 15일은 박헌영이 사형 판결을 받은 날짜이다. 1958년 첫 제사를 지낸 뒤부터 매년 12월 15일이 되면 원경 스님은 한산 스님이 시키는 대로 아버지의 제사를 지냈다. 박길룡의 주장대로라면 아버지의 기일은 12월 15일이 아니 라 7월 19일이었다. 하지만 제삿날을 바꾸는 것은 쉽지 않 은 결정이었다. 매년 12월 15일에 지내던 것을 7월 19일로 바꾸려니 뭔가 어색했고, 무엇보다도 사형 집행 날짜도 정확 치 않았다. 사찰은 망자의 기일 하루 전에 제사를 지내는 까 닭에 비비안나 부부가 도착했을 때는 아버지의 제사를 마친 뒤였다. 하루 일찍 왔다면 함께 제사를 지냈을 텐데, 하는 아쉬움이 들었다.

아버지의 고향 마을에 가기 전에 원경 스님은 비비안나 부부를 인천 용화사로 데리고 갔다. 인천 용화사는 은사인 송담 스님이 주석하는 사찰이었다. 박헌영과 주세죽의 위패가 모셔진 영단으로 데려간 뒤 비비안나 부부에게 향을 피우게 했다. 비비안나 부부는 원경 스님이 시키는 대로 촛불에 향을 피우고 향로에 향을 꽂았다. 그리고 영단 앞에서 두 번 절을 했다.

용화사를 나오는 길에 비비안나는 세 마리의 원숭이 석조상을 손가락으로 가리키며 물었다. 한 원숭이는 두 손으로 두 눈을 가리고, 한 원숭이는 두 손으로 두 귀를 막고, 한 원숭이는 두 손으로 입을 봉하고 있는 조각상이었다.

"저게 뭐야? 원경 스님."

한국으로 오기 전 제법 연습을 했는지 비비안나는 원경 스님이라는 말은 한국어로 말했다.

"눈에 보이는 것에 현혹되지 말고, 귀에 들리는 것에 현혹되지 말고, 혀 끝에 맴도는 말에도 집착하지 말고 정진하라는 뜻입니다."

원경 스님의 말에 비비안나는 고개를 끄덕인 뒤 석상의 원숭이처럼 두 손으로 입을 봉하는 흉내를 냈다.

"예전에 러시아 정교 수도사들도 묵언수행을 했대. 종교와 독재 사회는 비슷한 점이 있는 것 같아. 절대적인 존재 내지는 가치가 있다는 것이 그렇고, 그 절대적인 존재 내지는 가치의 존립을 위해 때로는 표현의 자유가 억압된다는 점이 그렇고. 나는 입을 막고 있는 원숭이를 보자 KGB 생각이 났거든."

이튿날, 비비안나 부부를 데리고 갔을 때 충남 예산군 신양면 신양리에는 사는 영해 박씨 종친들이 마을 입구로 모두 나와서 환영을 했다. 남자들은 양복에 넥타이를 매고, 여자들은 투피스 양장을 차려입고, 애써 멋을 부린 모습이었다. 할아버지와 할머니들도 고운 한복을 입고 있었다. 원경 스님은 한국 사회가 민주화됐음을 새삼 실감할 수 있었다. 군부독재 시절에는 감히 상상할 수 없는 일이었다. 소련에 사는 박헌영의 딸이 한국에 올 수도 없었을 것이고, 설령 온다고 해도 마을 사람들이 나와서 환영할 수도 없었을 것이다. 정부는 보이지 않게 비비안나 부부의 방한 소식을 홍보했다. 박헌영의 딸이 방한할 정도로 한국 사회가 민주화된 것은 문민정부의 치적임을 은연중에 알리고 있었던 것이다.

영해 박씨 종친회장인 박대희 씨가 종친회를 대표해 환영의 표시로 비비안나에게 꽃다발을 줬다. 마을에는 70여 가구의 종친들이 모여 살고 있었으나, 박헌영의 8촌 이내 친척은 없었다. 박헌영이 보통학교를 졸업하고 바로 서울로 상경한데다 빨갱이 대장이었기 때문에 박헌영의 친척들은 6.25전쟁 때 죽거나 고향 집을 등져야 했다.

종친회장은 비비안나 부부를 자신의 집으로 데려가더니 족보를 보여 줬다. 원경 스님은 여러 차례 본 것이었다. 족보에는 박헌영이 박현주의 아들로 올라 있고, 이름 옆에 '독립운동 애국지사'라고 쓰여 있었다. 사망 일자는 1955년 12월 15일로 명시돼 있었다. 주세죽은 1932년 사망한 것으로, 정순년은 1944년 사망한 것으로 명기돼 있었다. 주세죽과 정순년의 사망 일자는 사실과 달랐다. 박헌영 밑에 원경 스님의 속명(박병삼)도 올라 있었다. 비비안나에게 족보의 내용을 설명한 뒤 원경 스님은 "다음에 족보를 다시 편찬할 때는 큰어머니와 어머니의 사망 일자도 수정하고, 누나의 한국 이름인 박영도 아버지 밑에 올리겠다."고 말했다. 비비안나가 말없이 고갤 끄덕였다.

기실, 1966년 영해 박씨의 족보를 만들 때 박헌영과 원경 스님의 속명인 박병삼은 이름을 올릴 수 없었다. 박헌영은 족보는 물론이고 입에조차 올릴 수 없는 이름이었다. 아버지의 이름이 오를 수 없으니 아들의 이름은 자연히 빠질 수밖에 없었다. 게다가 종친회는 오랜 세월 원경 스님의 생사 여부조차 모르고 있었다.

원경 스님과 비비안나 부부는 영해 박씨 종친회 가족들과 함께 마을 입구에서 기념 촬영을 했다. 뭔가 어색하고 서먹서먹한 분위기를 따라붙은 통역사가 일신시켜 줬다. 통역사가 물었다.

"한국의 인상이 어떻습니까?"

비비안나가 대답했다.

"서울올림픽 때 저는 텔레비전을 통해 나의 두 조국인 한국과 소련의 경기 모습을 지켜보았어요. 어느 나라를 응원해야 할지 고민해야 하는 순간이었죠. 한소 수교가 이뤄지고 양국 정상회담이 열리는 것을 보고 너무 기뻤어요. 이렇게 직접 한국을, 그것도 아버지의 고향 마을을 방문하는 게 꿈만 같아요."

종친회장은 비비안나 부부를 아버지의 생가로 안내했다. 생가는 허물어진 지 오래여서 빈터에 잡초만 우거져 있었다. 생가 터에서 비비안나는 미리 준비해 온 듯 가방 안에서 유리병 두 개를 꺼냈다. 손으로 흙을 퍼 담은 뒤 두 개의 유리

병에 넣었다. 유리병의 뚜껑을 닫은 뒤 비비안나는 유리병에 담긴 흙을 쳐다봤다. 한 병은 집에 두고 볼 때마다 아버지의 고향을 생각할 것이며, 다른 한 병은 어머니의 무덤에 뿌려 드리겠다고 말했다.

원경 스님 일행은 박헌영이 졸업한 대흥보통학교로 향했다. 학교 앞에는 대흥초등학교라는 현판이 붙어 있었다. 고향 집에서 학교까지는 도보로 족히 두 시간이 걸릴 거리였다. 학교 행정실에 가서 박헌영의 학적부를 보여 달라고 했다. 행정 직원이 들고 온 학적부는 모두 한자로 쓰여 있었다. 박헌영은 대흥보통학교에 1912년에 2학년으로 입학했다. 보통학교는 일제가 조선인을 교육하기 위해 읍면에 세운 4년제 초급 교육 기관이었다. 입학 전 2년간의 서당 교육을 인정받아서 편입생으로 들어간 것이었다. 성적은 매 학년 24명 중 7등이었다. 원경 스님은 비비안나 부부에게 성적표의 내용을 설명한 뒤 "열두 살에 입학했던 아버지와 달리 동급생들은 10대 후반이었다. 동급생 중에는 당시 조혼 풍습 때문에 애아버지들이 많았다."는 말을 덧붙였다. 흥미로운 것은 이름이 박덕영朴德永에서 박헌영朴憲永으로 수정됐다는 사실이었다. 덕영은 박헌영의 아호였다.

원경 스님은 미리 준비해 간 사진첩에서 아버지의 대흥보통학교 졸업 사진을 꺼내 비비안나에게 보여 줬다. 어린 박헌영은 회색 두루마기에 바투 깎은 머리의 모습이었다. 왼손에는 책을 들고 있었다.

행정실을 나와 비비안나 부부는 80여 년 전 아버지가 뛰놀았던 운동장을 우두커니 바라봤다. 원경 스님은 형뻘 삼촌뻘 급우들과 함께 이 학교를 다녔을 어린 시절 아버지의 모습을 떠올려 봤다. 비비안나가 바람이 불어 흙먼지가 이는 운동장을 손가락으로 가리켰다. 책보를 어깨에 맨 채 뛰어나오는 작은 체구 어린이의 환영이 보였다. 환영 속 어린이는 서출庶出이라는, 주막집 아낙의 아들이라는 놀림을 받았을 것이다. 이 학교를 졸업한 뒤 어린이는 상경해 경성고등보통학교(현재 경기고등학교)에 진학했다. 기미년 3·1운동에 참가하면서 청년이 되었다. 학교를 졸업하고 상해로 가면서부터 줄곧 공산주의자의 길을 걸었다.

원경 스님은 비비안나 부부를 박헌영과 주세죽이 혼례를 치른 친척 집으로 데리고 갔다. 두 사람이 이미 함께 살고 있었으나, 시댁 식구들에게 정식으로 부부 사이임을 알려야 했던 것이다. 당시 박헌영은 《동아일보》 기자 신분이었다. "유학 다녀온 뒤 중앙 일간지 기자가 된 아들이 예쁜 며느리까지 데려왔다."며 할머니는 입이 마르게 마을 사람들에게 자랑했었다고 한다. 기와지붕을 얹은 전형적인 전통 가옥인 친척 집의 툇마루에 앉아 원경 스님은 비비안나 부부에게 아버지의 가계사에 대해 간단히 설명했다.

할아버지인 박현주에게는 두 아내가 있었다. 첫째 아내는 자신보다 다섯 살 아래였다. 둘 사이에서 아들과 딸이 태어났다. 큰아들인 박지영은 1891년생이다. 첫째 아내는 41세에 죽었다. 할아버지는 도정하지 않은 벼를 사 뒀다가 쌀값이 오르면 정미해서 팔았다.

할아버지가 둘째 아내, 즉, 할머니인 이학규를 만난 건 충남 예산군 광시면 서초정리의 주막집에서였다. 할머니는 할아버지와 동갑인 1876년생이었다. 당시 할머니는 남편과 사별하고 혼자서 어린 딸을 키우고 있었다. 서초정리 인근에 광구가 있어 돈을 벌기 위해 광부들이 몰려들었다. 그러다 보니 서초정리에는 광부들을 상대로 한 하숙집이 하나둘씩 생겨났다. 광부들은 광산주로부터 받은 전표를 하숙집 주인에게 건넸고, 하숙집 주인은 급여일에 맞춰 한 달 동안 모은 전표를 들고 광산주에게 찾아갔다. 광산주는 하숙집 주인에게 받은 전표를 현금으로 교환해 줬다. 할머니도 하숙집을 운영했는데, 음식 솜씨가 좋았던 할머니의 하숙집에는 빈방이 없었다고 한다.

할머니의 하숙집에 쌀을 대 주던 미곡상이 바로 할아버지였다. 만나는 횟수가 늘다 보니 할아버지와 할머니는 정이들었고, 아이까지 갖게 되었다. 20세기의 첫해인 1900년, 노동자의 날인 5월 1일 아버지가 태어났다. 할아버지에게는 이미 아내가 있었던 터라 아버지는 서자일 수밖에 없었다. 할머니는 아버지가 집 앞 개울 건너 봉긋한 산봉우리의 정기를 받고 태어났다고 믿었다.

아버지가 두 살이 되자 할머니는 예산군 신양면 신양리로 이사를 갔다. 신양리는 대전과 공주의 중간 지점으로 5일장이 서는 곳이었다. 우시장 인근에 대지 200여 평의 기와집을 사서 주막을 열고 국밥과 막걸리를 팔았다. 집에는 방이 여러 개여서 장사치들이 주막에 들러 요기도 하고 잠도 잤다. 첫째 할머니가 지병으로 돌아가신 뒤에 할아버지와 할머니는 정식으로 부부가 돼 살 수 있었다. 할머니는 누룽지를 말려 놨다가 가난한 이웃에 나눠 줬다. 그래서 할아버지가 돌아가셨을 때보다 할머니가 돌아가셨을 때 더 조문객이 많았다고 한다.

할아버지가 돌아가신 해(1934년)에 아버지는 조선공산당 재건 혐의로 경성지방법원으로부터 징역 6년을 선고받았다. 당시 할아버지는 일제 경찰로부터 고초를 겪어야 했고, 그 고초가 사인死因이 되었다. 할머니가 돌아가신 해(1943년)에 아버지는 광주로 피신해 벽돌 공장 노동자로 숨어 지내고 있었다. 일경들이 할머니 장례 때는 아버지가 올 것이라고 생각하고 잠복했으나, 아버지는 끝내 나타나지 않았다. 결과적으로 아버지는 할아버지와 할머니의 장례식 모두 올 수 없었던 것이다. 할머니가 돌아가신 뒤 가업을 이어받아 큰아버지가 주막을 운영했다.

원경 스님은 들고 온 사진첩에서 사진 한 장을 꺼내 비비안나에게 건넸다. 사진은 박헌영의 조카 박병일이 학병으로 끌려가기 전 모습이었다. 빛바랜 사진 속에는 큰아버지 박지영의 가족이 모두 모여 있었다. 원경 스님이 아랫줄에 앉아 있는 박병석을 손가락으로 가리키자 비비안나가 아는 체를 했다.

"이 사람이 모스크바에 유학 왔던 박병석 오빠야?"

원경 스님이 고개를 끄덕였다. 비비안나가 놀란 표정을 지었다. 원경 스님도 비비안나의 사진첩에서 주세죽 여사와 비비안나와 함께 박병석 부부가 있는 사진을 보고서 반갑기도 하고 놀랍기도 했다.

초겨울이라고는 하나 오후가 되자 햇빛이 툇마루에 내리쬐었다. 툇마루에 앉아서 마당을 보고 있으려니 멀리 대문 밖으로 사모관대紗帽冠帶 한 신랑이 목안木雁을 들고 걸어오는 모습이 보였다.

마당에는 연지 찍고 족두리를 쓴 신부가 고개를 숙이고 있다. 신랑이 마당으로 들어선 뒤 신부와 신랑은 맞절을 한다. 이어 신랑과 신부는 합환주를 나눠 마신다.

수줍게 눈웃음으로 서로의 마음을 나누는 신랑과 신부. 그 날만큼은 박헌영도, 주세죽도 어떠한 시름도 없었으리라. 늦가을의 햇빛은 집집마다 널어놓은 고추들을 더욱 붉게 물들였으리라. 신랑과 신부는 자신들의 앞날에 닥칠 고난을 짐작이나 했을까? 그 따사롭고 고운 햇빛이 비친 자리마다 핏빛으로 얼룩지리라는 것을.

원경 스님이 먼저 툇마루에서 일어났다. 원경 스님은 해가 지기 전에 비비안나 부부에게 임존성을 보여 주고 싶었다. 비비안나 부부가 어디로 가느냐는 말도 없이 원경 스님의 뒤를 따랐다. 원경 스님이 운전석에, 통역사가 그 옆 좌석에, 비비안나가 부부가 뒷좌석에 앉았다. 원경 스님은 차를 몰면서 비비안나 부부에게 자신이 살아온 삶에 대해 털어놨다. 통역사가 그대로 러시아로 옮겨 줬다.

어머니 정순년이 박헌영을 만난 건 1939년이었다.

정순년의 5촌 당숙인 정태식은 박헌영이 지도자로 있던 경성콤그룹의 책임비서였다. 해방 후 남로당의 기관지인《해방일보》의 편집국장을 맡기도 한 정태식은 경성제대 법학부를 졸업한 뒤 공산주의자 활동을 하다가 1936년 검거돼 징역 5년을 선고받았다. 복역 중 박헌영을 만났다.

정순년의 아버지는 포수였다. 정순년은 2남 2녀 중 막내로 태어났다. 정순년에게는 목수 직업을 지닌 약혼자가 있었다. 그런데 하루는 정태식이 찾아와 "시집보내기 전에 신학문을 가르치려고 하니 순녀를 맡겨 달라."고 했다.

당숙(정태식)의 손에 이끌려 정순년은 서울로 갔다. 서울에서 김삼룡의 처이자 이관술의 동생인 이순금을 만났다. 정순년은 이순금과 한 방에 생활했다. 이순금은 우리나라가 일본으로부터 독립돼야 하고, 그러려면 독립을 위해 일하는 선생님들을 도와줘야 한다는 말을 했다.

정순년은 당숙의 손에 이끌려 서원경(청주)으로 내려갔다. 도착한 곳은 서원경을 가로지르는 무심천을 등지고 있는 방두 칸짜리 초가집이었다. 부엌과 우물이 따로 있어서 생활하기는 편했다. 이순금이 찾아와서 "귀한 선생님이 곧 오실 테니 잘 보필하라. 누가 와서 물어도 그분에 대해서는 말해서는 안 된다."고 강조했다.

며칠 후 박헌영과 김삼룡이 집으로 찾아왔다. 김삼룡은 박헌영과 마찬가지로 주막집의 아들로 자랐다. 보통학교 내내 전교 1등을 한 영재였으나, 가난한 탓에 고보에 진학할 수 없었다. 하룻밤에도 조직을 만든다는 말을 들을 정도로 대중적인 흡입력을 지닌 선동가였다.

정순년이 남자들이 먹을 밥상을 차려 방으로 들고 갔더니 박헌영이 "여자들도 함께 먹자."고 말했다. 정순년과 이순금도 함께 저녁 식사를 했다. 식사를 마친 뒤 박헌영은 "동무. 음식 솜씨가 좋소. 된장찌개가 어머니가 끓여 준 것과 똑같소. 참으로 고맙소."라고 말했다.

남들이 선생이라고 해서 정순년은 수염이 난 노인이 올 줄 알았다고 한다. 한 달 남짓 동안 박헌영은 아랫방을, 정순년은 윗방을 쓰면서 생활했다.

정순년은 박헌영 일행을 따라서 서울로 올라갔다. 박헌영은 곧잘 정순년에게 "우리나라는 곧 해방될 것이고, 해방되면 지주와 소작농의 구분이 없어질 것."이라고 말했다. 자신의 고향이 충남 예산군 신양이고, 고향 집에는 70세가 넘으신 연로한 어머니가 계시고, 형님 내외가 어머니가 하시던 여관을 하고 있다는 것도 알려 줬다. 다른 사람들이 이정 선생님이라고 불러서 정순년은 박헌영이 이씨인 줄 알았다. 한번은 정순년이 "결혼을 했느냐?"고 물었더니, 박헌영이 "결혼해서 딸 하나를 낳았는데, 처자식이 살았는지 죽었는지 모르겠다."고 대답한 뒤 언짢은 표정을 지었다. 서울에서 1년 동안 박헌영과 살면서 정순년은 배 속에 아이를 갖게 됐다.

아이를 출산하기 위해 정순년는 1941년 1월 다시 서원경으로 내려와야 했다. 헤어지기 전 박헌영은 정순년의 손가락에 민들레 문양이 새겨진 쌍가락지를 끼워 준 뒤 "머지않아 해방이 될 것이오. 그때까지는 나를 보기 힘들 것이니 이것을 증표로 갖고 있으시오."라고 말했다. 그리고 자신의 이름을 알려 줬다.

해산하기 보름 전 즈음 한 노인이 정순년을 찾아왔다. 박헌영의 어머니인 이학규였다. 이학규는 정순년에게 자신의 아들이 독립운동을 하느라 감옥에 세 차례나 갔던 얘기를 했다. 이학규는 작명가에게 찾아가 병삼秉드이라는 손자의 이름을 받아 왔다.

원경 스님은 구불구불한 임도를 따라 차를 몰았다. 최대한 임존성 가까이에 차를 대기 위해서였다. 적당한 곳에 차를 세운 뒤 원경 스님은 비비안나 부부를 이끌고 산길을 올랐다. 조금 걷다 보니 봉수산 아래 임존성이 길게 펼쳐져 있었다. 초겨울이어서 일찌감치 해가 떨어질 모양이었다. 해가 뉘엿뉘엿 서산으로 넘어가면서 황홀한 낙조의 붉은빛이 3km에 달하는 임존성을 물들이고 있었다.

원경 스님은 "허공 저편의 시야가 다하는 곳에 멀리 '一'이라는 글자를 바라보라."는 홍인 대사의 『수심요론修心要論』 내용을 떠올렸다. 하늘과 땅이 만나는 지평선에는 임존성이 길게 펼쳐져 있고, 지는 해가 연출하는 장엄한 저녁놀로 인해 임존성은 마치 불타고 있는 것만 같았다.

원경 스님은 임존성의 역사에 대해 간단히 설명했다.

고대에 한국에는 고구려, 백제, 신라 등 3국이 있었다. 신라가 당나라의 힘을 빌려 3국을 통일했다. 나당 연합군이 사비성을 함락하고 의자왕이 당으로 압송된 뒤 백제 지역 곳곳에는 백제 부흥 운동이 펼쳐졌다. 왕족 복신과 승려 도침이 금강 입구의 주류성에서 군사를 모으고, 왜에 가 있던 왕자 부여풍을 추대한 뒤 백제의 부흥을 선언했다. 이때 흑치상지와 사택상여가 부흥군에 합류함으로써 백제 부흥 운동은 들불처럼 번져 갔다. 당시 흑치상지와 사택상여가 백제 부흥 운동을 전개한 곳이 임존성이었다. 임존성 옆으로 무한천이 흘렀고, 무한천은 삽교천과 만나서 아산만으로 흘러갔다.

그러나 부여풍과 복신 사이에 내홍이 불거졌다. 군사권을 거머쥔 백제 무왕의 조카 복신이 부여풍을 제거하려고 했으나, 이러한 음모를 눈치 챈 부여풍이 먼저 복신을 살해함으로써 실권을 장악했다. 복신의 죽음으로 말미암아 부흥군의 군세는 약화되었다. 이미 백강전투에서 왜의 함대가 당의 함대에 패함으로써 부흥군은 기댈 데가 없는 상황이었다.

백강전투 후 백제 부흥군이 차례차례 궤멸했으나, 임존성만큼은 신라군의 30일 공격에도 함락되지 않았다. 흑치상지가 이끄는 백제 부흥군을 꺾기 위해서 당나라는 의자왕의 장자인 부여풍을 데려왔다. "항복하고 후일을 도모하자."는 부여풍의 끈질긴 설득에 흑치상지는 당나라군에 항복하지 않을 수 없었다.

통역사가 통역한 말을 듣고서 비비안나 부부가 의아한 표정을 지었다. 느닷없이 왜 임존성의 역사를 말하는지 모르겠다는 표정이었다.

원경 스님은 말을 이었다.

"내가 김천 청암사에 있을 때 한산 스님이 찾아왔어요. 청암사의 생활은 그럭저럭 지낼 만했어요. 예불 시간이면 무릎을 꿇고 앉아 스님들이 불경 외는 것을 따라 하고, 경전을 많이 읽었죠. 대중 스님들을 따라서 산에 가서 땔감도 주어 오고, 마당도 쓸곤 했죠. 우리는 봉수산 대련사에서 처음으로 아버지의 제사를 지냈어요. 제사를 지내기 전에 스님이 사과, 배를 사고 도라지와 고사리를 볶기에 누군가의 제사를 지내리라는 것은 예상했죠. 그런데 제사상의 위패에 '이정而丁 박헌영 선생 영가'라고 쓰여 있는 거예요. 제사를 마친 뒤 한산 스님은 저를 데리고 임존산성에 올랐습니다. 그리고 아버지의 생애에 대해 말해 주었어요. 한산 스님은 아버지가 소년기를 보낸 곳을 손가락으로 짚었죠. 저기가 네 아버지가 자란 곳이다. 그리고 저기는 네 아버지가 다닌 대흥국민학교가 있는 곳이다. 지금 저곳에는 친척들이 살고 있을 것이다. 하지만 절대로 찾아가서는 안 된다. 한산 스님은 멀리 보이는 부서진 흙벽을 가리키면서 백제의 부흥을 도모했던 흑치상지에 대해 말했죠. 때마침 그날도 지금처럼 멀리 석양이 지고 있었어요. 패망한 백제의 땅은 백성의 피처럼 붉게 물들기 시작했죠. 한산 스님은 평소 곧잘 부르던 「황성 옛터」를 물기 어린 목소리로 흥얼거렸어요."

원경 스님은 자신이 예전의 한산 스님이라도 된 듯 노래를 흥얼거렸다.

나는 가리로다. 끝없이, 이 발길 닿는 곳. 산을 넘고 물을 건너 정처가 없이도, 아아, 망국의 이 설움을 가슴 깊이 묻고, 이 몸은 흘러 흘러가노니 옛터야 잘 있거라.

원경 스님은 병삼이라는 속명을 버리고 원경이라는 법명을 얻기까지 썼던 가명을 떠올렸다. 유동, 세원, 현준, 일우, 명초, 성진, 혁 등등. 원경 스님에게는 사찰이 세상의 전부였다. 거기 말고는 어디에서도 스님을 받아 주지 않았다. 산문山門 말고는 어디에도 기댈 수 없었다.

태어난 지 반년도 되지 않아서 원경 스님은 어머니와 헤어져야 했다. 외할아버지와 외할머니가 혼사가 잡혀 있는 딸이 서울로 간 뒤 소식이 없자 수소문 끝에 찾아온 것이다. 갓난애에게 젖을 먹이고 있는 딸을 보자 외할아버지는 화를 참지 못하고 자신의 외손자를 집어 던졌다. 집으로 끌려간 뒤 어머니는 혼인이 약속돼 있던 목수와 결혼했다. 어머니의 팔자도 기구했다. 새로 결혼한 남자도 공산당원이어서 보도 연맹 사건에 연루돼 6.25전쟁 때 처형됐다고 한다. 이순금 아주머니가 홀로 남겨진 원경 스님을 할머니에게 데려갔다. 할머니가 과천에서 원경 스님을 키웠다. 할머니는 돌아가시기 전 큰아버지에게 "병삼이를 거둬 키워 달라."고 유언을 남겼다.

해방이 되자 큰아버지는 원경 스님을 데리고 서울로 올라갔다. 아버지가 큰아버지와 큰어머니가 묵을 집을 마련해 줬다. 남로당 핵심 지도자인 김삼룡이 일제강점기에 일본인이 살던 2층 적산 가옥을 사들여 건네준 것이었다. 이 집에서 큰아버지 내외는 쌀과 반찬들을 팔면서 살았다. 위층은 다다미가 깔린 방이 있었고, 아래층은 가게였다. 큰아버지의 가게에는 두 명의 일꾼이 상주했는데, 이 일꾼들은 실은 아지트를 지키는 역할을 했다. 옆집에는 김삼룡과 이순금이 살았다. 해방 후 결혼 두 사람 사이에는 세 살짜리 아들이 있었다. 김삼룡의 집에는 가게로 통하는 문이 있었다. 이 집에는 이주하, 한산 스님 말고는 출입하는 사람이 없었다. 서울에서의 나날은 나름대로 행복했다. 김삼룡은 어린 원경 스님을 자전거에 태우고 시내를 돌아다니곤 했다.

그런데 6.25전쟁이 일어나기 석 달 전쯤 어느 밤에 경찰들이 김삼룡의 집을 습격했다. 아이를 안고 있던 이순금은 그 자리에서 체포됐고, 김삼룡은 뒷담을 타고 넘어서 옆집 지붕으로 달아났다. 김삼룡은 옆집 담장을 넘다가 철조망에 걸려 떨어지면서 다리에 부상을 입었다. 간신히 낙산 방향으로 달아나기는 했으나, 경찰의 포위망을 벗어날 수는 없었다. 김삼룡은 골목의 일본식 쓰레기통에 숨어 있어야 했다. 새벽녘 쓰레기통에서 나오려다가 출근하는 경찰에 발각된 경찰서로 끌려갔다.

소란을 틈 타 큰아버지 내외는 몸을 피할 수 있었다. 어린 원경 스님은 쌀가마니 뒤에 몸을 숨기고 어둠 속에서 숨을 죽인 채 밤을 새워야 했다. 날이 밝았을 때 집에는 어린 원경 스님만 남겨졌다. 기억을 더듬어 큰어머니가 하던 대로 밀가루를 반죽해 수제비를 했다. 그렇게 이틀을 버티니까 이주하가 찾아왔다.

이주하가 원경 스님을 보더니 추어탕 집으로 데리고 갔다. 허겁지겁 밥을 먹는 원경 스님을 보고서 이주하는 힘없이 말했다.

"너밖에 없다. 너밖에."

이주하의 말인즉슨, 김삼룡의 얼굴을 아는 건 어린 원경 스님밖에 없다는 의미였다. 김삼룡과 이주하는 사진을 찍는 일을 삼갔다. 자신의 신분을 알리지 않기 위해서였다. 그래서인지 경찰은 체포한 사람이 김삼룡이라는 사실조차 몰랐다. 김삼룡은 경찰서에서 걸인 행세를 했다고 한다.

이주하는 원경 스님을 중부경찰서로 데려갔다. 그리고 경찰서에 들어가 김삼룡이 있는지 살펴보라고 했다. 이주하는 원경 스님이 열 살의 어린애인 까닭에 경찰의 의심을 피할 것이라고 생각했다. 나중에 안 사실이지만 이주하와 정태식은 경찰서를 습격해 감삼룡을 구출할 계획까지 세웠다고 한다. 경찰서 앞은 연행된 가족을 찾기 위해 몰려든 사람들로

북새통을 이뤘다. 김삼룡이 다리에 부상을 입었다는 소식을 들고서 경찰들이 다리를 저는 사람을 보는 대로 잡아들였다. 삼촌을 찾으러 왔다는 거짓말을 한 뒤 경찰서에 들어간 원경 스님은 대기실에 붙잡혀 있는 김삼룡을 발견했다. 김삼룡은 긴 나무 의자에 앉아 있었는데 손목에는 수갑이 채워져 있었다. 한복 바지의 한쪽 가랑이가 찢어져 있었고, 드러난 다리는 검붉은 피가 얼룩져 있었다. 그는 눈을 부릅뜨고, 가까이 오지 말라는 눈짓을 했다. 원경 스님은 얼른 자리를 피했다. 경찰서 앞으로 나오니 경찰들이 이주하를 포위하고 있었다. 남로당 서울시당 제1부위원장을 하다가 전향해 경찰관으로 일하고 있던 홍민표가 경찰서 안으로 들어가려다가 이주하를 발견하고 체포했다는 것도, 김삼룡, 이주하가 북한에서 조만식과 교환하자고 제안할 만큼 거물이었다는 것도 오랜 세월 후에야 안 사실이었다.

남로당 지도부는 전향한 홍민표를 제거하자는 의견이 있었으나 이를 만류한 게 김삼룡이었다. 결국 김삼룡도 홍민표에 의해 신분이 발각돼 체포되었다.

원경 스님은 거리를 헤매다가 누군가는 찾아올 것 같아서 집으로 돌아왔다. 생쌀을 씹으며, 수제비를 빚어서 끓여 먹으면서 며칠을 기다리다 보니 한산 스님이 찾아왔다. 한산 스님은 박헌영이 있는 북한에 다녀온 길이었다. 그간의 있었던 일들을 설명하자 한산 스님은 한숨을 쉰 뒤 말이 없었다. 한산 스님은 여동생이 있는 대원각으로 원경 스님을 데려갔다. 김소산은 "여기는 사람들 출입이 잦으니 어머니 집으로 옮기는 게 좋겠다."고 말했고, 한산 스님은 말없이 고개를 끄덕였다. 조봉희가 사는 서오릉 집으로 간 뒤 원경 스님은 잠시나마 안식을 취할 수 있었다. 서오릉 집에서 며칠 묵은 뒤 한산 스님 일행은 길을 떠나야 했다. 이 일행 중에는 전옥순이라는 여인이 있었다. 전옥순은 이화여대 국문학과 출신의 사회주자의자로서 국내 첫 여성 영화 제작자이기도 했다. 전옥순은 한산 스님의 연인이었던 것으로 추정된다. 한산 스님 일행이 당도한 곳은 안양에 소재한 방직공장이었다. 한산 스님은 북한에서 가져온 노다지 9관을 방직공장 사장인 김성곤에게 맡기고 전옥순에게는 곧바로 월북할 것을 권했다. 노다지는 남로당이 활동할 자금이었다.

안양의 방직공장에서 다른 일행과 헤어진 뒤 원경 스님은 한산 스님을 따라서 익산 함라의 김해균 고향 집으로 향했다. 거기서 하루를 묵은 뒤 트럭을 타고 다시 달구지를 타고 화엄사로 갔다. 화엄사에는 동백꽃들이 단두대에 처형된 머리처럼 뚝뚝, 떨어지고 있었다. 화엄사에서 하룻밤을 묵고

나니 화엄사의 한 스님이 원경 스님을 삭발했다. 동자승이 된 원경 스님의 머리를 한 번 쓰다듬은 뒤 한산 스님은 화엄사를 떠났다.

이후 원경 스님은 반승반속의 삶을 살았으나, 아버지가 처형됐다는 소식을 듣고서는 사찰로 돌아가지 않고 장돌뱅이처럼 전국을 떠돌았다. 그렇게 헤매고 다니지 않으면 마음의 불길을 다스릴 수 없을 것 같았다. 술로도, 주먹질로도 달랠 수 없었다. 한곳에 보름 이상 머물지 못하고 1년 남짓을 헤매고 다녔다. 그러다가 1960년 정월 초하루에 인천의 용화사를 찾았다. 독경 소리를 듣고 있으려니 정신이 맑아졌다. 오랜 방황 끝에 다시 운수납자雲水衲子의 길을 택한 것이다. 동안거를 마치면 폭설에 나뭇가지가 부러지는 소리가 들렸고, 하안거를 마치면 바위를 에돌아 흐르는 물소리가 들렸다. 본래 운수라는 게 마땅히 가야 할 곳이 있는 게 아니어서 산길 위에서 우두커니 먼산바라기를 할 때가 많았다.

임존성은 시커먼 어둠에 잠식돼 가고 있었다. 비비안나가 원경 스님의 옆으로 바투 다가오더니 손을 잡았다. 원경 스님은 속으로 신동엽 시인의 「금강」의 한 구절을 읊조렸다.

백제,

예부터 이곳은 모여

썩는 곳,

망하고 대신,

거름을 남기는 곳

이튿날 아침, 비비안나 부부와 함께 호텔에서 조식을 들었다. 통역사가 비비안나 부부에게 물었다.

"한국 날씨가 어때요?"

비비안나는 말이 없었고, 빅토르가 대답했다.

"모스크바의 날씨는 밖이 춥고 안은 안 추운데, 한국의 날씨는 안이 춥고 밖은 안 추워요."

원경 스님은 빅토르의 말이 무슨 선문답처럼 들렸다. 아마도 낯선 이국에서 맞는 겨울 날씨여서 마음이 춥게 느껴진다는 의미이리라.

조식을 들고 커피를 마신 뒤 원경 스님은 비비안나 부부를 이끌고 예산군 봉산면 효교리에 소재한 매향암각으로 향했다.

바위의 중앙에는 둥근 구멍, 소위 말斗이 있었다. 바위에는 비문이 새겨 있었다. 그 비문을 들려주기 위해서 원경 스님은 비비안나 부부를 데려온 것이었다.

이산현과 덕풍현에 사는 결원향도結願香徒라는 무리가 미륵이 도래하는 세상에 태어나기를 간절히 기원하면서 이 비문을 새겼다는 게 주된 내용이었다. 이산현과 덕풍현이라는 지명을 썼던 시대는 고려 현종 무오년(1018년)부터 조선 태종 을유년(1405년)까지였다. 비문의 간지가 계미자인 것을 고려하면 이 비문이 새겨진 것은 1403년이라고 볼 수 있었다. 민물과 바닷물이 만나는 지점에 매향을 한다는 사실을 고려한다면, 매향 장소는 아마도 용동리 부근이 가능성이 높았다.

원경 스님이 미륵 신앙에 대해 설명했고, 통역사를 그 말을 러시아어로 옮겼다.

"미륵은 기독교의 메시아와 같은 존재예요. 미륵은 현재 도솔천에서 수행하고 있는 보살이며, 석가모니 부처님에 이어서 다음 세상의 부처가 되기로 정해져 장래에 마땅히 오실 부처입니다. 미륵보살은 자비심이 많은 까닭에 자씨보살慈氏菩薩이라고도 해요. 미륵 신앙은 미륵 상생 신앙과 미륵 하생 신앙으로 나뉘어요. 미륵 상생 신앙은 불교의 가르침을 따르고 자비를 실천하면서 수행을 하면서 죽어서 미륵보살이 계신 도솔천에 태어난다는 거예요. 도솔천에서 복락을 누리며 살다가 미래에 미륵이 성불할 때 함께 깨달음을 성취한다는 거죠. 그런가 하면, 미륵 하생 신앙은 미륵보살이 말세에 이르러 도솔천에서 사바세계로 내려와 용화수 아래에서 성불한 뒤 세 번의 설법을 통해 중생을 구원할 때 함께할 수 있기를 바라는 겁니다. 기독교 사상에 입각해 보면, 미륵 상생 신앙은 천국 신앙에, 미륵 하생 신앙은 구세주 신앙과 유사하죠. 특이한 건 미륵 신앙은 개인적인 구원뿐만 아니라 사회적인 구원, 그러니까, 만민이 자유롭고 평등한 세상을 바라는 신앙까지 아우른다는 겁니다. 상대적으로 보면, 미륵 상생 신앙은 개인적인 구원에, 미륵 하생 신앙은 공정하고 정의로운 사회의 구현에 방점이 찍혀 있다고 볼 수 있죠. 이 매향비를 세운 사람들은 매향비를 세우기 전에 개펄에 나무를 묻고 오랜 세월 뒤 그 나무가 침향이 될 때 미륵이 도래하길 기원했던 겁니다. 미륵 신앙이 번성했던 시기는 사회가 불안할 때입니다. 질병이 창궐해 피붙이들이 죽고, 전란으로 집을 잃고 고향을 등질 때 사람들은 말법 시대 너머에 올 미륵보살의 세상을 기원했던 거죠. 엄밀히 말하면, 나무를 묻는 사람들과 침향이 된 나무를 꺼내는 사람들은 다른 사람들이에요. 나무를 묻는 시간과 침향이 된 나무를 꺼내는 시간에는 아득한 거리가 있고요. 침향을 발견하는 게 수백 년 뒤, 수천 년 뒤일지도 모르는데 이 매향비를 세운 사람들은 후대를 위해서 나무를 묻었던 거죠. 그래서 침향의 향기는 천 년의 시공을 초월해 과거에서 현재로, 현재에서 미래로 이어지는 겁니다. 매향한 사람들의 간절한 비원을 담고서 개펄 속에서 수천 년 동안 침잠해 있던 침향의 향기이기 때문이죠."

원경 스님이 말이 끝나자 비비안나가 물었다.

"용화사에서 우리 부부가 부모님의 영전에 향을 피웠던 것도 같은 이유야?"

원경 스님은 매향비를 손바닥으로 쓸면서 생각했다.

구세주는 영산靈山과 같은 것이리라. 신비로워서 멀리서만 바라보는 산. 산봉우리에는 구름이 쉬어 가고, 산허리에는 는개가 휘감고 있어서 높이를 가늠할 수 없는 산. 설령 그 안에 들어가 산림과 계곡을 두루 살펴본다고 해도 전체 형상은 알 수 없는 산. 그러고 보면, 불경에 미륵이 도래한다는 시점을 구체적으로 명시하지 않은 데는 이유가 있었다.

예정대로 서울로 올라간 뒤 원경 스님은 비비안나 부부와 함께 친척 집에서 만찬을 들었다. 며칠간의 일정을 마치고 비비안나 부부는 러시아로 돌아갔다. 김포공항으로 배웅을 나갔을 때 이번에는 웬일인지 비비안나는 이별의 시간이 되어서도 눈물을 보이지 않았다. 그녀는 그저 눈짓으로 '다시 만나기로 하는 이별일 뿐.'이라고 말하고 있었다.

오동향로烏銅香爐에 피어오르는 연기

— 1955년 2월경 전주 원각사圓覺寺

차일혁은 외근을 나갔다 돌아와서 책상 위에 놓인 소포를 발견했다. 발신인은 김만석 기자였다. 소포를 뜯어 보니, 서신과 미당 서정주의 『귀촉도歸蜀道』가 동봉돼 있었다. 먼저, 서신을 읽어 봤다.

차일혁 서장 前

귀관貴官이 충주경찰서장으로 발령받아 떠난 뒤 계절이 바뀌도록 소식이 없어 이렇게 서신을 보내네. 경황없는 줄 알지만 하루만 내 마음의 점령군이 되어 주게. 그런다면 기꺼이 나는 두 팔 들고 항복해 귀관의 포로가 되겠네.

함께 동봉한 시집은 미당 선생이 보낸 것이네. 빨치산의 근거지가 되는 사찰들을 소각하라는 명령을 받았지만, 귀관이 전각들의 문짝만 태움으로써 천년고찰들을 지키지 않았는가? 당시 소실 위기를 모면한 사찰 중 하나가 미당 선생의 원찰인 선운사라네. 그 고마움의 표시로 자네에게 시집을 보내길 바라서 함께 동봉하네.

모쪼록 건강하길 바라네.

인생이라는 전투의 전우戰友 김만석

차일혁은 편지를 읽고서 입가에 엷은 미소를 지었다. 동봉한 책의 겉장을 넘기자 미당 선생이 붓글씨로 쓴 글귀가 보였다.

눈이 부시게 푸르른 날은

그리운 사람을 그리워하자

차일혁은 처음에는 시집에 쓰인 글귀가 무슨 뜻인지 알 수 없었다. 시집을 뒤적인 뒤에야 「푸르른 날」의 한 구절임을 알게 되었다. 그 구절 앞에는 '네가 죽고서 내가 산다면, 내가 죽고서 네가 산다면'이라는 구절이 쓰여 있었다. 며칠 전 양희근이 술자리에서 한 말 때문인지 그 글귀가 남다르게 느껴졌다.

차일혁은 서신을 쓰려고 책상에 앉았다. 만년필을 들어서 편지지에 몇 자 적다가 전주경찰서로 전화를 걸었다. 편지가 제때 도착하지 못할 것 같았다. 전주경찰서에 근무하는 부하를 찾았다. 《전북일보》 김만석 기자에게 돌아오는 일요일 오전 10시에 원각사에서 보자는 말을 전해 달라는 용건만 간단히 말한 뒤 전화를 끊었다.

차일혁이 김만석 기자를 처음 본 것은 정읍에 소재한 칠보발전소를 탈환한 직후인 1951년 3월경이었다. 칠보발전소의 탈환 성공으로 차일혁에게는 두 가지 특전이 주어졌다. 하나는 지프차를 받은 것이고, 다른 하나는 김만석 기자가 부대의 종군기자로 따라나선 것이었다.

차일혁은 김만석을 만나기 전까지 기자들을 좋아하지 않았다. 차일혁이 보기에 기자야말로 곡학아세曲學阿世의 전형이라고 할 수 있었다. 정론직필正論直筆이니, 파사헌정破邪顯正이니 그럴싸한 말들은 죄다 갖다 썼지만, 기자들에게 정의는 힘 있는 자에게 있었다. 똥이 있는 곳이면 똥파리가 날아다니듯 기자들은 자신에게 돈 줄 곳만 찾아다녔다.

적군의 피해는 부풀리고, 아군의 피해는 줄여서 쓰는 게 종군기자들의 업무였다. 아군의 피해는 숫제 보도조차 하지 않았다. 그도 그럴 게 전쟁 중 신문의 편집권은 편집장이 아닌 보도 통제관이 쥐고 있었다. 빌어먹을 놈들이었다. 글로 빌어먹고 있는 놈들. 포화가 끊이지 않는 전쟁 상황에서도 고급 술집에서 여자를 끼고 술을 마시는 놈들에 비한다면 김만석은 그나마 사명감을 지닌 기자였다.

김만석은 차일혁보다 세 살이 많았다. 전북 장수군 출신인 그는 신흥중학교에 입학해 신사참배를 거부하다가 퇴학을 당했다. 고창고보에 입학한 뒤에는 공산주의 계열 모임에 가입해 열성적으로 활동해 수시로 고등계 형사에게 불려 가야 했다. 고창고보에서도 퇴학 위기에 놓였으나, 일본인 교장의 배려로 간신히 졸업장을 받을 수 있었다. 고창고보를 졸업한 뒤에는 고향 집에서 농사를 지었는데, 이 무렵 덕유산의 산내 암자에서 요양 중이던 이현상과 인연을 맺게 되었다. 하지만 산내 암자에서 만난 청년이 이현상이라는 사실을 안 것은 한참 뒤였다. 해방 후 그는 용산 철도 인사과장으로 뽑혀 노동운동을 하다가 투옥됐다. 과격한 무력 투쟁에 회의를 느낀 그는 출옥 후에는 귀향해 조용히 은둔했다. 만약 출옥 후에도 노동운동에 전념했다면 그는 빨치산 부대의 일원이 됐을 것이다. 인공 치하에서는 어떠한 활동도 하지 않았다. 이는 그가 이제 더는 공산주의자가 아님을 방증했다. 신흥중학생 시절 담임 선생이었던 김가전 전북도지사가 공직 자리를 권했지만, 이를 마다하고 그는 종군기자를 자원했다.

차일혁이 보기에 김만석은 좌우로 맞서 싸우는 상황에는 어울리지 않는 마음이 여린 사람이었다. 오른편에 섰든 왼편에 섰든, 총을 들었든 펜을 들었든 싸움판에 뛰어든 사람은 목적을 위해서는 수단과 방법을 가리지 않아야 했다. 펜을 든 자는 반대편을 덫을 빠뜨릴 비열하고 야비한 계략을 짜고, 총을 든 자는 그 계략에 따라 가장 적절한 시점에 총구를 겨누고 지닌 것을 빼앗으면 되는 것이었다. 싸움판에서 옳고 그름, 깨끗하고 너절함을 가리는 것만큼 어리석은 일은 없었다.

차일혁은 여러 차례 김만석에게 "그까짓 인간애는 개에게나 줘라."라고 말하고 싶었다.

그가 종군기자를 자원한 데는 이유가 있었다. 군경의 토벌에 죽어 갈 빨치산이 된 지인들을 살리고 싶었던 것이다. 하지만 그가 할 수 있는 일이라고는 고작해야 아는 사람이 있는지 시신들을 뒤적거리는 것이었다.

차일혁이 이현상의 장례를 치르기로 결심한 데도 김만석의 영향이 컸다. 김만석은 차일혁이 적군의 장례를 치른 것을 보고서 '온정溫情의 무인武人'이라고 미화한 기사를 썼다.

그런가 하면, 차일혁이 부하에게 빨치산 부대 간부 3명의 머리를 자르라고 지시했을 때는 불같이 화를 냈다. 차일혁도 내켜서 한 일은 아니었다. 칠보발전소를 탈환했을 때 가장 큰 공로를 세운 부하 2명이 외려 차일혁에게 기합을 받았는데, 죽인 공비의 목을 잘라 오라는 상부의 지시를 따랐기 때문이었다. 부하들로서는 어길 수 없는 상부의 명령이었다. 목숨을 걸고 칠보발전소를 지킨 만큼 그러한 전과도 인정받고 싶었을 것이다. 차일혁은 부하들에게 30분간 목이 잘린 공비의 얼굴을 들고 있으라고 지시했다.

하지만 차일혁도 도경으로부터 "적의 목을 잘라서 가져와야만 전과를 인정하겠다."는 내용의 공문이 내려왔을 때는 무시할 수 없었다. 공문을 받고서 차일혁은 도경 간부들에게 비인간적인 처사에 항의했다. 그러자 도경 간부들은 미군 고문관의 명령이라고 책임을 돌렸다. 궁리 끝에 차일혁은 항명의 뜻으로 도경에 빨치산 부대 간부 3명의 머리를 보내기로 작정했다. 이런 속내를 모르는 김만석은 차일혁이 부하에게 지시하는 것만 듣고서 길길이 날뛰었다. 부하들이 공비의 머리채를 잡고 지서 안으로 들어오자 김만석은 욕지기를 참을 수 없는지 밖으로 뛰어나갔다. 그리고 그날 저녁 김만석은 몸도 못 가눌 정도로 술에 취해서 지서 문을 발로 차고 들어와서 차일혁에게 "백정 새끼."라는 욕설을 퍼부었다.

도경 간부들은 선물인 줄 알고 보자기를 풀었다가 사색이 되었다고 한다. 책상에서 앉아 공문을 쓸 때까지만 해도 그들이 직접 피범벅이 된 공비의 머리를 보게 될 줄은 몰랐을 것이다. 며칠 뒤 차일혁은 미군 고문관인 스프링스 소령을 만난 자리에서 사실 여부를 물었다. 스프링스 소령은 "전과 보고를 확실히 하라고 지시했을 뿐 적군의 목을 자르라고 지시한 적은 없다."고 대답했다. 스프링스 소령은 인상이 고양이를 닮아서 살쾡이라는 별명을 지니고 있었다. 성격도 차가웠다. 좀처럼 웃지 않고 업무적인 말만 하는 것으로 봐서 그는 한국인들에게는 곁을 주지 않으려는 것 같았다.

스프링스 소령의 대답을 듣고서야 차일혁은 공비의 머리를 자르라고 지시한 게 누구인지 알았다. 치안국이 각 도의 전투경찰과 지전사(智戰司, 지리산 지구 전투경찰 사령부), 태전사(太戰司, 태백산 지구 전투경찰 사령부)에 공비 토벌 경쟁을 조장하기 위한 조치였던 것이다.

차일혁은 약속 시간에 늦지 않도록 이른 새벽 지프차에 탔다. 유도수가 운전대를 잡았고, 양희근이 운전석 옆 좌석에 동석했다. 차일혁은 뒷자리에 앉았다. 때마침 눈이 내려서 산야가 눈에 덮여 있었다. 폭설이 내리면 산골짜기에는 눈사람이 된 시신을 볼 수 있었다. 나무에 오랏줄로 묶인 채 죽은 시신은 선 채로 눈을 뒤집어써야 했다. 어느 골짜기에는 산짐승들이 시신을 뜯어 먹은 흔적인 듯 눈밭에는 선홍빛이 흩뿌려져 있었고, 어느 골짜기에는 까마귀 떼가 피로 얼룩진 두 날개를 펼치고 날아갔다. 까마귀 떼가 남긴 기괴한 울음소리는 메아리가 되어서 허공에 울려 퍼졌다. 가장 보기 흉한 건 두 눈이 파 먹힌 시신이었다. 날짐승들이 파먹은 것일 테지만 차일혁이 보기에는 더는 세상 꼴이 보기 싫어서 두 눈을 파 버린 것처럼 느껴졌다.

바깥에서 시선을 거두면서 차일혁은 입을 뗐다.

"원각사에서 김만석 기자를 만나기로 했다. 원각사에 가서 전쟁으로 죽은 영령들을 위무하는 간단한 천도재를 올리려고 한다. 그러니 도수는 김가전 지사님의 명복을 빌고, 희근이는 옛 동지들의 극락왕생을 빌어라."

"네."

"청소년직업학원을 여는 준비는 잘 되고 있지?"

"경찰서 운동장 한 귀퉁이에 판자 건물을 지었습니다. 교실 크기가 60명 정도 학생을 받을 수 있을 것 같습니다. 이미 신청자가 60명이 넘었습니다. 입학원서를 낸 사람 중에는 스무 살이 되도록 국민학교를 마치지 못한 청년도 있어요. 용접 기술자, 미장이, 목수 등 학생들을 가르칠 기술자도 여기저기 수소문하고 있습니다. 그런데……."

양희근이 말끝을 흐렸다.

"그런데? 뭐?"

"극장 수익금을 학원에 쓰는 걸 문제 삼는 놈들이 있는 모양입니다."

차일혁은 차 밖을 내다보면서 무심하게 대꾸했다.

"신경 쓰지 마라. 그저 밖으로 향했던 총구 방향이 안으로 바뀐 것뿐이니."

전쟁이 끝난 뒤 거리에는 부모를 잃어서 밤이슬이 내려도 당장 제 한 몸을 뉠 곳이 없는 전쟁고아들이 넘쳐났다. 신문을 팔고, 껌을 팔고, 구두를 닦고, 넝마를 줍는 등 허드렛일을 하거나 그마저도 일거리가 없으면 동냥으로 하루를 연명하는 아이들은 빨치산이 죽으면 식어 가는 몸을 벗어나 와글와글 몰려나오는 이 새끼蟲子들처럼 보였다. 장사치들은 동냥하러 온 애들을 보면 설거지한 물을 끼얹었다. 그러다 보니 그 애들도 독만 남아서 상대가 누구든 두 눈에 쌍심지를 켜고 쌍욕을 퍼붓기 일쑤였다.

차일혁은 전쟁고아들을 위해 무언가 하고 싶었다.

이승만 정권은 6.25전쟁이 나자 점차 전투경찰 인력을 증원했다. 하지만 빨치산들을 대부분 토벌하고 나자 경찰에 지급되는 예산을 대폭 감축했다. 차일혁은 예산이 빠듯해 충주경찰서를 운영하기도 버거웠다. 전쟁고아들을 위한 학원을 운영하기 위해 지역 유지들에게 지원금을 받아야 했고, 극장 수익금의 일부를 써야 했다.

원각사에 도착하니, 일주문 역할을 하는 솟을대문 앞에서 김만석이 내리는 눈을 맞고 서 있었다. 김만석은 차일혁을 보더니 거수경례를 했고, 차일혁은 다가가서 악수를 청했다.

"차 대장, 아니, 이제는 서장이군. 경찰서에 앉아 있으려니까 좀 쑤시지 않나?"

차일혁은 일행과 함께 경내에 들었다. 인기척을 느껴졌는지 주지인 현담玄潭 스님이 경내에 나와 서 있었다. 차일혁이 합장 반배하자 현담 스님도 합장 반배로 화답했다.

"지프차 소리가 들려서 무슨 일인가 싶어서 나와 봤더니 차 대장님이군요. 여여如如하셨는지요?"

"매년 했던 대로 간단하게나마 천도재를 올릴까 해서 찾았습니다."

원각사에는 빨치산 토벌 작전 중 죽은 인연 있는 영령들의 위패가 모셔져 있었다. 차일혁이 지휘한 작전에서 죽은 부하들의 위패를 차례대로 안치했던 것이다. 무주 구천동 전투에서 이영회 부대에게 참패한 후 차일혁은 천도재를 지내다가 자신의 연락병이었던 유병수의 위패를 보고서 오열을 터뜨렸다. 유병수는 여러 차례 차일혁의 목숨을 구해 준 적이 있었다. 재를 마친 뒤 현담 스님은 말없이 차일혁의 손을 잡아 주었다.

차일혁은 미리 준비해 간 홍옥, 배, 옥춘 등 불단에 올린 제수와 소대 의식에 쓸 옷가지와 고무신을 현담 스님에게 건넸다. 현담 스님의 뒤를 따라서 차일혁 일행은 대웅전으로 들어갔다. 현담 스님이 불단 앞에 제수를 올린 뒤 목탁을 두드리면서 「신묘장구대다라니」를 봉송하기 시작했다. 이어 「도량게」를 외운 뒤 불보살님의 존명을 차례대로 불렀다. 현담 스님의 눈짓에 차일혁은 일행을 데리고 불단으로 나갔다.

차일혁은 향 하나를 들어서 촛불에 불을 붙였다. 향을 오동향로에 꽂았다. 검붉은 구릿빛의 오동향로에 눈이 갔다. 구리라는 광물의 빛깔에 세월의 더께가 더해져 마치 천년바

위에 하세월의 푸르른 이끼가 낀 것처럼 고색창연古色蒼然한 느낌이 들었다. 그래서인지 수백 년 전, 수천 년 전의 까마득한 과거로 돌아가 있는 것 같은 착각이 들었다. 오동향로에서 피어오르는 향은 제 몸을 태우면서 한 오라기의 얇은 실 같은 연기를 만들었다. 연기는 피어오르자마자 이내 종적 없이 사라졌다. 오동향로와 연기는 대조적이었다. 오동향로가 영겁永劫의 시간 속에 있다면, 연기는 찰나刹那의 시간 속에 있었다. 절로 무상함을 깨닫게 했다.

사람이 영원을 희구하는 이유는 삶이 유한하기 때문이고, 잉여剩餘의 삶을 바라는 이유는 당장 생활이 빈곤하기 때문일 것이다. 차일혁은 오동향로의 향연香煙을 보면서 패망한 고도古都, 이를테면 부여나 공주의 빈 성터에 피어나는 이름 없는 들꽃을 떠올렸다. 그러자 인간의 삶은 유한할지라도 영원에 닿고자 하는 그 비원悲願만큼은 무한할 것이라는 생각이 들었다. 그러고 보니, 향로에 피어오르는 향연香煙은 산 자遺族가 죽은 자亡者를 그리워하면서 혼을 부르는 제의祭儀라고 할 수 있었다.

현담 스님이 앉은 채로 목탁을 내려놓고 징을 들었다. 징이 울렸다.

인간 백 년 다 살아도 병든 날과 잠든 날과

걱정 근심 다 제하면 단 사십을 못 사나니

현담 스님의 「회심곡」 소리가 허공을 뚫고 올라갔다. 명을 다하지 못하고 죽은 넋들의 넋두리만큼이나 서러운 소리였다. 이승의 차안此岸에서 저승의 피안彼岸으로 건너간 넋을 부르는 초혼招魂의 소리였고, 이에 화답해 넋이 서역만리西域萬里를 다시 건너와 남겨진 이에게 잘 살고 있느냐고 인사를 건네는 소리였다.

열 시왕전 부린 사자 십왕전에 명을 받아

일직사자 월직사자 한 손에 패자 들고

또 한 손에 창검 들고 오라 사슬 빗기 차고

활등같이 굽은 길로 살대같이 달려와서

닫은 문 박차면서 천둥같이 호령하여

성명 삼자 불러내어 어서 나소 바삐 나소

명사십리 해당화야 꽃 진다고 슬퍼마라

명년 삼월 봄이 되면 너는 다시 피려니와

인생 한 번 돌아가면 다시 오기 어려워라

이 세상을 하직하고 북망산에 가리로다

어찌 갈고 심산 험로 정수 없는 길이로다
불쌍하고 가련하다 언제 다시 돌아오리

양희근이 향을 피우다 말고 어깨를 들썩이며 흐느꼈다. 죄를 많이 지은 게 어디 너뿐이랴. 양희근이 흐느끼는 것도, 자신이 유병수의 위패를 보고서 울음을 터뜨린 것도 어떻게 죗값을 치를 줄 모르기 때문이리라. 차일혁은 염주 알을 굴리면서 생각했다. 그러나 저 향연香煙은 산 자가 죽은 자를 부르고, 이에 죽은 자가 응답해 죽은 자를 만나러 오고, 그리하여 산 자와 죽은 자가 오랜 세월 끝에 만나서 벌이는 향연饗宴이기도 한 것이리라.

현담 스님이 「화청和請」을 끝낸 뒤 대웅전 바깥으로 향했다. 대웅전 뒤편으로 가더니 옷가지와 고무신을 태웠다. 영령들이 입을 옷이었고, 신을 신발이었다. 옷가지와 고무신을 태우는 불 위로 눈송이들이 내려왔다.

꿈속에서 봤던 발이 없이 허공을 떠다니는 빨치산들의 모습이 눈앞에 스쳐 갔다. 차일혁은 무주고혼無主孤魂들이 전투화나 지하족 대신 하얀 고무신을 신고서 좌도 없고 우도 없는, 북녘도 없고 남녘도 없는, 그런 까닭에 아군과 적군을 나눌 필요가 없는 곳으로 가길 빌었다.

재를 마친 뒤 차일혁은 준비해 간 봉투를 건넸다.

"많지 않습니다. 재비입니다."

차일혁 일행은 현담 스님에게 합장 반배로 인사말을 대신했다.

원각사를 빠져나와 차일혁 일행은 지프차에 올랐다.

"어디로 가려고?"

김만석이 물었다.

"날도 춥고 하니 행원行願에 가서 뜨끈한 국물에 낮술이나 한잔하지."

김만석이 키득대며 웃었다.

"아무리 관내를 벗어났다지만 경찰 서장님이 대낮부터 술타령을 해서야 되겠어?"

"칠보발전소를 탈환한 뒤부터 김 기자가 우리 부대를 따라다니며 종군기자를 했지?"

"그랬지."

"칠보발전소가 탈환된 뒤 제일 먼저 불을 밝힌 곳 중 하나가 전주 시내 은하카바레야. 그 전쟁판에도 춤바람 난 여편네와 이 여편네들을 후리려는 제비족들은 있었던 거야. 한쪽에서는 목숨 걸고 싸우고 그러다가 더러 실제로 목숨을 잃기도 하는데, 다른 한쪽에서는 남녀가 몸을 섞을 상상을 하면서 부둥켜안고 춤을 췄다는 게 웃기지 않나?"

"웃기면서 슬프고, 슬프면서 웃긴 현실이지. 따지고 보면, 고통과 쾌락은 한 뿌리라고 할 수 있지. 못 견디게 아파도 신음을 내고, 못 견디게 즐거워도 신음을 내는 게 인간이라는 종족이니까."

행원 주인은 차일혁 일행을 반갑게 맞아 줬다. 일행을 방을 잡고 앉자 술상에는 육회, 떡갈비, 신선로에 끓인 열구자탕 등 안주가 올랐다. 술잔을 비워 가면서 김만석은 종군했을 때의 회고담을 늘어놓았다. 술자리가 무르익었을 때 차일혁은 평소 궁금했던 것을 물어봤다.

"김 기자는 왜 이편에 섰지? 학생 때는 공산주의에 경도됐다고 들었는데?"

김만석은 한동안 말이 없다가 입을 뗐다.

"내가 저편에 섰다면 남한에 남았다고 해도 차 서장이 토벌한 빨치산들처럼 이름조차 남기지 못하고 죽었을 테고, 북한으로 갔다고 해도 남로당계 인사들처럼 숙청됐을 테고. 그렇다고 내가 앞날을 내다보고 저편에 서지 않았다는 건 아냐. 솔직히 말하면…… 나는 그저 고향에서 살고 싶었어. 고향에서 살자니 이편에 설 수밖에 없었고. 한때 동지라고 불렀던 많은 사람이 죽거나 소식이 끊겼어. 그들이 나를 보면 비겁하다고 할 테지."

김만석의 말을 듣고 나니 차일혁은 '나는 왜 이편에 섰나?'라는 자문을 던지게 됐다. 일경 간부로 있다가 미군정에 경찰 간부로 다시 등용된 처남의 영향일까? 다시 군대에 들어간 것이 화근이었을까? 방위훈련학교 1기 고급 간부 후보로 졸업하던 해 인민군들이 남침해서 내려왔다. 처음에는 인민군이 파죽지세로 내려와 부산까지 인공기를 꽂는가 싶더니, 전세가 역전돼 인천 상륙 작전을 기점으로 미군과 국군이 숨 가쁘게 치고 올라가 백두산 정상에 태극기를 꽂을 기세였다. 인민군이 밀고 내려올 때 차일혁은 제7사단 직속 구국의용대장으로 싸워야 했다. 팔에 총상을 입은 뒤 군을 제대할 수밖에 없었다. 하지만 차일혁은 군대에서 경찰대로 적만 옮겼을 뿐 아비규환의 상황에서 벗어날 수는 없었다. 이후 4년간 전라도 일대의 산골짜기를 뛰어다니며 빨치산과 싸워야 했다. 분명 이편에 선 것은 자신이 결정한 것이었다.

삶과 죽음의 경계를 넘나들면서 살아온 지난날들을 돌이켜 보건대, 한 사람의 행로에 가장 큰 영향을 끼치는 건 누구를 만나냐는 것이었다. 어떤 부모 밑에서 태어나느냐, 어떤 스승을 모시느냐, 어떤 친구와 어울렸느냐, 어떤 배우자

를 만났느냐······. 젊은 시절 흠모하고 따르는 정신적 지도자
가 만약 마르크스주의자여서「공산당 선언」을 건넸다면 차
일혁도 열렬한 공산주의자가 되었을지도 모를 일이었다.

차일혁이 울적한 심사를 달래려 술을 들이켜자 이런 속내
를 읽었는지 김만석이 우스갯소리를 했다.

"이 김만석이도 만석지기 아들은 아니어도 백석지기 아들
은 되는데······. 어쩌다가 빨치산 토벌하는 뒤꽁무니나 쫓아
다니는 기자를 했는지 몰라. 다 팔자소관이겠지."

김만석의 말은 우스갯소리이되 뼈가 있는 우스갯소리였
다. 차일혁은 첫 대면에서 김만석과 통성명을 한 뒤 "만은
너무 많은 거 아닙니까? 나는 고작 이름에 하나밖에 없는데.
더군다나 만석이라니."라고 말했다. 김만석의 만석은 만석
萬石이 아니라 만석萬錫이었다. 그 사실을 모르는 바 아니었
으나 차일혁은 친하게 지내자는 뜻에서 한 말이었다. 그러자
김만석은 "나는 만 가마니나 가지고 있으니 차 대장에게 나
눠 드리리다. 몇 석이면 양이 차겠수?"라고 응수했다. 이에
질 차일혁이 아니었다. 차일혁이 "쌀을 나눠 주고 자시고 하
는 걸 보니 김 기자의 사상이 의심스럽구려. 각설하고 각서
부터 씁시다. 빨치산들도 보급 투쟁 때 주민들에게 식량을
가져가면서 인민군이 내려오면 되돌려 주겠다는 내용의 차

용증을 주는 마당이니."라고 말한 뒤에야 두 사람은 파안대
소했다.

차일혁은 평소 궁금했던 것을 물었다.

"김 기자는 이현상을 덕유산의 한 사찰에서 만났다고 했
지?"

"덕유산 단지봉 아래 암자였지. 당시 이현상은 가명을 썼
어."

"거기서 둘이 무슨 얘길 나눴나?"

김만석이 피식, 웃더니 다시 농담을 했다.

"몇 년 동안 산이라는 산은 다 쏘다니면서 생사고락을 함
께한 사람을 아직도 의심하는 건가?"

차일혁도 피식, 웃은 뒤 대꾸했다.

"죽은 이현상의 옷가지에서 염주가 나왔어. 그래서 물어
보는 거네. 공산주의자가 불교를 믿는다는 게 믿기지 않아
서……."

"그를 만난 게 해방 3년 전이니까 1942년이겠군. 그는 경
성콤그룹의 일원으로서 항일 무장 투쟁을 준비하다가 체포
됐어. 폐병이 악화된 상태에 단식투쟁을 벌여 목숨이 위태로
운 지경에 이르자 병보석으로 석방됐지. 재수감될 것을 피하
기 위해 찾아간 곳이 바로 그 암자야. 당시 나도 적잖이 공

산주의에 경도돼 있을 때지. 나나 그나 시침 뚝 뗐지만 서로 같은 부류의 사람이라는 걸 직감했지. 하지만 마르크스니, 레닌이니 하는 말은 서로 일절 하지 않았지. 만나는 곳이 절간이어서 그랬는지 불교에 대한 얘길 많이 나눴어. 그는 석가모니 재세 당시 승가 공동체가 탁발해서 똑같이 나눠 먹는 것이나, 석가모니가 사성계급 제도를 부정한 것을 높이 평가했지. 직접적으로 말은 안 했지만, 승가 공동체가 원시 공동사회와 동일하고, 사성계급 제도를 부정한 것이 프롤레타리아 혁명과 유사하다고 여겼던 모양이야."

도피 중 사찰에서 불목하니로 지내면서 이런저런 불교 경전을 읽었던 터라 차일혁도 불교 사상에 대해서는 제법 지식을 지니고 있었다. 석가모니와 제자들은 동이 터 오면 발우를 가지고 마을에 들어가 걸식을 했고, 탁발한 음식은 정오가 되기 전 돌아오는 길에 다 먹었다.

김만석이 말을 이었다.

"이현상은 '불성에는 남북의 구분이 없다.'는 혜능 대사의 말을 인용하면서 문맹인 혜능 대사가 식자인 신수 대사를 제치고 홍인 대사에게 인가를 받는 건 극적인 요소가 있다고 했지. '중생이 부처다衆生是佛.'라는 혜능 대사의 말을 자주 인용하곤 했지."

혜능 대사의 일대기는 공산주의자들에게 매혹적으로 들릴 만한 요소가 있었다. 실제로 모택동은 『육조단경』을 탐독한 뒤부터 혜능 대사를 높이 평가했다고 한다. 그래서인지 차일혁이 만난 일부 팔로군들은 『육조단경』이 '노동 인민을 위한 불경.'이라고 생각하기도 했다.

차일혁은 말없이 고개만 주억거렸다. 자신이 믿는 이념대로 종교 교리를 해석하는 사람이 많았다. 좌파 기독교인은 에덴동산을 원시 공동사회와, 원죄를 잉여 재산의 소유와, 히브리 민족의 고난을 무산계급의 고난과, 예수의 출현을 마르크스의 출현과 동일시했던 반면, 우파 기독교인들은 공산주의자들을 하나님의 역사를 시험하는 사탄으로 규정했다.

종교인과 정치인은 교조주의자라는 점에서는 같으나, 이상 세계를 실현하는 방법론이 달랐다. 종교인의 이상 세계는 현실 세계의 너머 피안彼岸에 있는 반면 정치인의 이상 세계는 기존의 현실 세계를 전복한 뒤에야 건설할 수 있었다. 그래서 레닌은 종교가 마약이라고 단정했는지도 모르겠다.

갑자기 김만석이 차일혁의 손을 잡았다.

"여하튼 이현상의 시신을 화장해 준 건 고맙네. 암자에서 만난 사람이 이현상인 줄은 나중에야 신문에 나온 그의 사진을 보고서 알았지. 오랜 만남도, 잦은 만남도 아니었으나 그와의 인연은 잊을 수 없네. 그는 과묵해서 말수가 적었으나 강한 내면을 지닌 사람이라는 걸 대번 알 수 있었지. 그를 떠올리면 잊히지 않는 게 그의 눈빛이야. 늦가을에 불어오는 바람 같기도 하고, 그 바람에 떨어지는 고엽 같기도 하고. 고독한 눈빛이었는데, 그는 그 외롭고 쓸쓸한 심사를 즐기는 눈치였어. 저물녘이 되면 그는 말없이 산 너머 떨어지는 해를 바라보곤 했는데 그의 그늘진 눈빛에는 자신이 꿈꾸는 세상에 대한 동경과 만나지 못하는 사람들에 대한 그리움이 묻어 있는 것 같았지."

차일혁은 이현상의 시신을 화장해 줬던 섬진강 가가 떠올랐다.

휴전협정 직후 이승만은 특별 담화를 통해 "지리산 평정 없이 남한의 평화가 없고, 이현상의 생포 없이 지리산의 평정이 없다. 나는 평화협정을 위해 이현상을 직접 만날 용의가 있다."고 말했다.

하지만 이현상의 시신이 경무대로 향했을 때 이승만은 거들떠보지 않았다. 이승만은 살아서 서 있는 이현상과는 만날 의향이 있었는지는 몰라도 죽어서 누워 있는 이현상에게는 전혀 관심을 보이지 않았다. 누구도 기다리지 않는 이현상의 시신은 경찰병원에 한동안 안치돼 있었다. 이현상의 중동고보 동창인 유진상이 찾아와 "현상아, 너도 많이 늙었구나."라는 짧은 말만 남기고 사라졌다. 이현상의 시신은 시민들에게 전시하기 위해 창경원으로 옮겨졌다. 전시가 끝나자 남원으로 옮겨졌으나 유족 누구도 인수를 거부했다. 이현상의 숙부조차도 "집안을 쑥대밭으로 만들었다."며 손사래를 쳤다.

5연대장 정인주 총경이 먼저 "이현상의 시신을 화장해 주는 게 어떻겠소? 국가를 혼란시켰던 공비였다고는 하나 그는 남부군의 사령관으로 살다가 갔으니 마지막 길은 정중히 보내드리는 게 도리 아니겠소?"라고 차일혁의 의중을 떠봤다. 그 말을 듣는 순간 차일혁은 2연대 본부 옆에 있는 섬진강 백사장에서 이현상의 시신을 화장하기로 결심했다.

차일혁은 부하들을 시켜서 소대를 만들었다. 이현상의 시신은 소대로 옮겨졌다. 마지막으로 차일혁은 이현상의 얼굴을 보았다. 서울에서 전시하느라 온갖 약품 처리를 했을 텐데도 그의 얼굴은 시반屍斑 현상이 진행된 지 오래였다. 열꽃이 핀 그의 얼굴에서 시선을 돌린 뒤 성냥에 불을 켜서 던졌다.

소대는 금세 타올랐다. 하늘 높이 불길이 치솟았다. 나무토막이 튀어 오르고 불티가 날아왔다. 차일혁의 눈에는 그

불꽃이 한 송이 연꽃처럼 보였다. 칠불암의 스님이 목탁을 들고 염불을 시작했다. 며칠 전 빨치산들이 군경에 협조했다는 이유로 암자를 불태우고 주지 스님을 사살해 오갈 데 없는 처지가 된 스님이었다.

원왕생 원왕생 원생극락견미타 획몽마정수기별 원왕생 원왕생 원제미타회중좌 수집향화삼공양 원왕생 원왕생 원생화장연화장……

몸 붙일 데 없는 스님의 염불을 들으면서 차일혁은 혼잣말을 중얼거렸다.

"찰나에도 변덕을 부리는 삼독三毒의 불꽃을 끄고, 천세불변千歲不變하는 실상實相의 불꽃을 밝히길…… 맑고 고요한 심체心體에는 좌우도, 남북도 그 어떤 분별도 없을 테니……"

차일혁은 이현상의 유품들을 하나씩 불 속에 던졌다. 가래한 쌍, 수건, 수첩, 연필 한 자루, 나침반을 던진 뒤 마지막으로 염주를 던지려다가 말고 차일혁은 이현상의 염주를 군복 주머니에 넣고 대신 자신의 염주를 던졌다. 그렇게라도 그의 삶과 자신의 삶을, 그의 죽음과 자신의 죽음을, 그가 죽인 사람들과 자신이 죽인 사람들을 맞바꾸고 싶었다.

그때였다. 화톳불 속에서도 두 날개가 타지 않는 나비 한 마리가 보였다. 아교풀에 갠 금니金泥를 덧칠해 놓은 것 같은 휘황하게 반짝이는 두 날개를 펄럭이면서 나비는 날아갔다. 일순 시간이 정지한 것만 같았다. 움직이는 것이라곤 애오라지 나비뿐이었다. 화톳불을 뛰쳐나온 나비는 다른 나비들을 불러 모았다. 섬진강에서 불어오는 바람을 맞고서 불꽃이 더욱 커졌다. 허공 높이 솟는 불꽃 위로 수십 마리, 수백 마리, 수천 마리의 나비 떼가 날아다녔다. 빨갛게 타오르다가, 파랗게 질렸다가, 하얗게 춤을 추는 불빛 속에서 그의 생애가 소멸하고 있었다.

차일혁은 다비식이 끝날 때까지 소대 앞에서 염주를 돌렸다. 이현상의 시신을 태우고 있을 불꽃을 응시하려니 매운 연기가 눈을 찔러서 저도 모르게 눈물이 고였고, 눈물은 뺨을 타고 흘러내렸다. 차일혁은 애써 눈물을 훔치지 않았다. 눈물이 흐르든, 그 흐른 눈물이 마르든 괘념치 않고 계속해서 소대만 응시했다.

차일혁은 타고 남은 재에서 유골을 수습한 뒤 자신의 철모에 유골을 넣고 M1소총 개머리판으로 빻기 시작했다. 이현상의 유골은 고운 가루가 됐다. 하얀 뼛가루를 섬진강에 뿌렸다. 햇볕을 받아서 섬진강의 물비늘이 반짝반짝 빛났다. 차일혁은 허리춤에서 권총을 꺼내 허공을 향해 세 발을 쐈다. 그의 마지막 가는 길에 붙이는 조사이자 지리산에서 숨져 간 원혼들에게 붙이는 조사였다.

차일혁은 자신과 김만석만 너무 떠드는 게 아닌가 싶어 부하 직원을 살펴봤다. 이현상에 대한 얘기를 나누는 게 양희근에게는 불편할 수도 있는 일이었다. 부하들은 술잔을 기울일 뿐 싫은 기색을 보이지 않았다. 차일혁의 속내를 읽기라도 한 듯 김만석의 대화의 화제를 돌렸다.

"그건 그렇고 미당 선생이 보내 준 시집은 읽어 봤나?"

"봤지."

"어떻든가?"

"좋더군."

"미당 선생이 우리 신문에 「기미 3·1운동 약사」를 연재한 적이 있어서 나와는 제법 친분이 있는 사이인데, 하루는 나를 찾아와 '차 대장에게 선운사와 도솔암 등 산내 암자를 지켜 달라는 말을 전해 달라.'고 하더군. 차 서장이 고창 작전을 앞둔 시점이었지. 시집을 읽어 보니 「상리과원上里果園」의 마지막 구절이 좋더군. 어둠이 우리와 우리 어린것들과 산과 냇물을 까마득히 덮을 때가 되거든, 우리는 차라리 우리 어린 것들에게 제일 가까운 곳의 별을 가르쳐 보일 일이요, 제일 오래인 종소리를 들릴 일이라는 구절이. 미당 선생이 차 서장에게 시집을 보낸 건 제일 오래인 종소리를 지켜 준 것에 대한 감사가 아니겠는가?"

미군의 폭격에 많은 사찰이 불에 타서 폐사됐다. 멀리 산에서 종소리가 들려오면 주민들은 "썩어 문드러질 중놈들은 병사들이 사지가 찢겨 죽어 가는 전쟁판에도 종을 치는구먼. 그려, 저 종소리로 구천을 떠도는 온갖 귀신들의 서러운 원한도 말끔히 씻어 줘라."라고 말했다. 전투 중에도 산그늘에 퍼지는 종소리를 들으면 차일혁은 그 종소리의 파문이 가슴에 밀물처럼 밀려드는 것 같았고, 그 소리로 인해 죄의식의 찌꺼기들이 맑게 씻기는 것만 같았다.

차일혁은 부하들에게 내장사 인근 작전을 지시한 적이 있었다. 1중대장이 내장사 인근 토굴에서 10여 명의 비구니 스님을 구해서 데려온 것은 기꺼운 소식이었으나, 내장사를 소각한 것은 안타까운 소식이었다. 보고를 받은 뒤 차일혁은 "내장사는 조상들이 남긴 소중한 문화유산이 아닌가? 절을 태우는 데는 한나절이지만 절을 세우는 데는 천 년이 걸리네. 사찰을 소각하지 않아도 충분히 작전은 가능하지 않은

가?"라고 질책했으나, 1중대장은 시큰둥한 표정을 지었다. 별 시답잖은 걸 갖고 시비를 거느냐는 표정이었다. 그 일이 있은 후부터 차일혁은 사찰이 전소되는 것만큼은 막아야겠다는 생각이 들었다.

지리산 전투사령부로부터 녹음이 짙어지는 절기이니 공비들의 근거지가 될 만한 사찰이나 산내 암자를 소각하라는 지시를 받고서 차일혁은 지리산 전투사령부 참모장을 찾아갔다. 때마침 참모장도 화엄사를 소각하라는 명령 때문에 골머리를 앓고 있었다.

"화엄사를 소각하라는 이유는 작전 중 관측과 사격에 지장이 있고 공비들의 은신처가 될 여지가 있기 때문이지 않습니까? 그렇다면 작전 중 사격이 용이하고 공비들의 은신처가 될 여지가 없다면 화엄사를 태우지 않아도 되는 것 아닙니까?"

차일혁은 말을 마친 뒤 참모장과 함께 화엄사로 향했다. 화엄사의 전각과 당우의 문짝들을 모두 떼어 낸 뒤 대웅전 앞에 쌓아 놓고 휘발유를 붓고 불을 붙였다. 이러한 방법으로 차일혁은 화엄사, 선운사, 천은사, 백양사, 쌍계사, 금산사 등 수많은 천년고찰을 화마에서 지킬 수 있었다.

김만석이 눈치를 살피면서 표정을 바꾸고 물었다.

"차 서장은 전쟁에서 우리가 이겼다고 생각해? 졌다고 생각해?"

어려운 질문이어서 차일혁은 잠시 고민해야 했다. 전쟁 전후 달라진 게 있다면, 38선에서 휴전선으로 경계선이 조금 바뀌었고, 남북 공동 정부의 출범이 소원해졌고, 무엇보다도 많은 사람이 죽고, 부상을 입고, 실종됐다. 남북 모두 희생이 너무 컸다.

"전체 인구의 2할 이상이 무참하게 죽고, 종적 없이 사라지고, 팔다리를 못 쓰게 됐는데 남북 어딘들 이겼다고 할 수 있나? 그나마 휴전선 밑의 영토라도 지킨 건 목숨 걸고 지켜야 하는 무엇이 있기에 가능한 일이 아니었나 싶은데."

"말이 어렵군. 그 목숨 걸고 지켜야 하는 무엇이 무엇인데?"

차일혁은 대답 대신 자신이 작사한 「토벌대의 노래」를 불렀다.

조국을 위해 피를 바치고, 가족을 위해 땀을 바쳐라.
아내여. 이 세상을 굳세게 살아 주오.
당신과 만날 때 백년해로합시다.

초개 같은 청춘아! 초개 같은 청춘아! 사랑을 위해 눈물을
바쳐라!

차일혁은 노래를 마치고 멋쩍은 표정을 지은 뒤 입을 뗐다.

"우리가 목숨 걸고서 싸울 때는 마땅한 이유가 있어야 할
거 아닌가. 나는 그 이유가 가족이라고 생각했네."

차일혁은 자신이 쓴 삐라를 보고서 공비 47명이 내장지서
로 귀순했을 때 전투에서 이긴 것보다도 기뻤다. 공비들이
귀순한 것을 보고서 관계 기관도 처벌보다는 관용을 베푸는
방향으로 조금씩 정책을 선회했다. 이후 귀순하거나 포로로
붙잡힌 공비들은 자신의 죄과를 반성한다는 성명서를 게재
한 뒤 양민증을 받게 되었다.

차일혁이 말을 이었다.

"그러는 김 기자가 보기에는 우리가 이겼다고 보나? 졌다
고 보나?"

"나는 이겼다고 생각해."

김만석은 자신에 찬 목소리로 답했다.

"그렇게 생각하는 이유는?"

"해방 직후 최초의 여론조사에서 가장 역량 있는 정치 지
도자를 꼽았을 때 여운형, 이승만, 김구, 박헌영, 이관술 등

5명이 뽑혔어. 5명 중 좌익계 인물이 3명이었어. 이듬해 미군정청이 국민들에게 여론조사를 한 결과 77%가 공산주의를 선호한다고 답했고."

"그러니까 김 기자의 얘기는 남한이 적화되지 않은 것만으로도 이 전쟁은 이긴 것으로 볼 수 있다는 건가? 틀린 말은 아니지만 전쟁이 나기 전에 이미 미군정은 붉은 열매의 씨앗을 상당 부분 제거했지 않았나? 조선정판사 위조지폐 사건의 배후로 조선공산당을 지목했고, 대구 10월 사건, 제주 4·3 사건, 여순 사건 모두 계엄령을 선포해 진압했고, 국가보안법을 제정한 뒤 군대 내에 침투한 좌익들을 숙청했고, 남로당원 33만 명을 자수하게 했고, 국회 프락치 사건을 빌미로 국회 내 좌익계 인사들을 청산하지 않았는가?"

김만석이 고개를 끄덕였다.

"남로당 세포들을 솎아 내지 않았다면 박헌영이 말한 대로 북한군의 남침에 맞춰 인민 봉기가 일어났을지도 모를 일이지. 중요한 건 이 전쟁이 밥그릇 때문에 비롯됐다는 거야. 해방 3년 만에 남한 인구가 1,600만 명에서 2,000만 명으로 늘었어. 1946년 남한에 콜레라에 걸린 사람이 무려 1만 5,000여 명이었어. 미군정은 배급 제도를 폐지하고 자유 시장제를 도입했는데, 가격만 폭등하는 결과를 초래했지."

차일혁은 육회를 집은 뒤 보란 듯이 말을 이었다.

"조선 시대 풍속화를 보면 한 농부가 밭을 갈기 위해서 쟁기를 끄는 두 마리의 소를 동시에 몰고 가는 모습이 있어. 그런데 전쟁이 난 뒤 소를 구경하기가 어려운 상황이야."

작전 수행 중 차일혁은 사람이 소 대신 쟁기를 끄는 모습을 자주 볼 수 있었다. 주민들은 군경이 주둔하면 군경을 뒷바라지한다고 소를 잡아야 했고, 공비들이 나타나면 소고삐를 건네야 했다.

김만석이 씁쓸한 표정을 지으면서 말했다.

"솔직히 전쟁 초기에는 대한민국이 이 전쟁에 이길 것이라고 장담할 수 없었네. 손바닥에 굳은살이 박여 산짐승의 발바닥과 다를 바 없음에도 불구하고 땅 한 뙈기 없는 소작농들에게 '무상몰수 무상분배'라는 정책은 얼마나 달콤한 것인가? 게다가 남한과 북한의 군사력을 비교하면 차이가 컸고. 차 서장도 잘 알겠지만 소련은 북한에 최신 무기들을 준 반면 미국은 전쟁 전까지는 남한의 군대에 최신식 무기를 주지 않았지."

미국이 남한에 최신식 무기를 주지 않은 이유는 숙군 과정에서 육군 2기생인 강태무, 표무원 소령이 무장한 대대 병력을 이끌고 월북하는 사건이 발생했기 때문이다. 미국은 남한의 군대가 제2의 장개석 군대가 되는 것을 두려워했다. 장개석 군대는 미군의 지원을 받은 최신 무기로 무장했음에도 불구하고 모택동 군대에 백기 투항하기 일쑤였다.

김만석이 말을 이었다.

"하지만 전쟁을 치르면서 나는 깨달았지. 중공은 머릿수로 싸우고, 미국은 달러로 싸운다는 사실을. 전투기가 지나가면 초토화되는 능선을 보면서, 성탄절을 맞아 돼지족발보다 더 큰 칠면조 다리를 뜯는 미국 병사들을 보면서, 미군들이 마시는 커피의 그 씁쓸하면서도 달달한 맛에 중독돼 가는 내 모습을 보면서 미국이 얼마나 강대국인지 깨닫게 됐지. 어차피 이번 전쟁으로 인해 미국과 소련이라는 양대 강국의 대결 구도는 굳어졌네."

김만석의 주장에는 딱히 반박할 내용이 없었다. 건배를 권하고 단번에 술잔을 비우더니 김만석이 다시 입을 뗐다.

"총을 들고 싸우는 전쟁은 일단락됐어. 하지만 밥그릇 전쟁은 이제부터 시작이야. 남과 북 모두 이제 권력 다툼이 본격화되겠지. 혁명이 됐든, 전쟁이 됐든 이기기 위해서는 동지나 전우들이 있어야 하지만, 승전 후에 얻게 되는 권력은 함께 나누지 않은 법이니까. 차 서장은 지키기 위해서 싸운다고 했죠? 나는 그 지킬 것이 밥그릇이라고 생각해. 전쟁은 싸우는 당사자에게는 생존의 문제이지만, 주변인에게는 굿이나 보고 떡이나 먹는 재밋거리이자 먹을거리이지. 듣자 하니 이번 전쟁의 최고 수혜자는 일본이라고 하더군."

술잔을 비운 뒤 김만석이 물었다.

"차 서장이 꿈꾸는 세상이 있어?"

그 말을 듣는 순간 차일혁은 자신도 모르게 가마골 생각이 났다. 공비들은 모스크바는 함락돼도 가마골은 절대로 함락되지 않을 것이라고 장담했다. 폭격기들이 1시간 동안 폭격한 뒤 차일혁은 부대원들을 이끌고 노령산맥의 험준한 봉오리로 향했다. 적군들이 박격포와 수류탄으로 대항했다. 가마골 계곡을 내려왔을 때 눈앞에는 칡덩굴이 우거져 있는 밀림이 펼쳐졌다. 밀림이 끝나는 지점에 인가가 보이기 시작했다. 적군들은 총을 들고서 뛰어나왔다. 한 방의 총성이 수백, 수천 발의 총성으로 이어졌다. 전투에서 이긴 뒤 마을을 둘러보면서 차일혁은 놀라지 않을 수 없었다. 산중 마을에 학교가 있었고, 교실에는 풍금이 놓여 있었다. 학교의 화단에는 모란, 해당화, 붓꽃, 양귀비꽃이 피어 있었고, 가지각색이 어우러진 꽃밭 위를 나비와 벌들이 날아다니고 있었다. 너른 논과 밭이 펼쳐져 있었고, 곳곳에는 퇴비가 쌓여 있었다. 마을회관에는 농기구들이 정리돼 있었는데, 발동기처럼

구하기 어려운 기기들도 눈에 띄었다. 자동차도 4대나 지니고 있었다. 집집마다 식량이 쌓여 있고, 항아리에는 누룩 쌀이 담겨져 있었다.

"내가 살고 싶은 세상은 그저 아이들이 학교에 가서 공부를 하고, 집집마다 쌀독에는 쌀이, 장독에는 된장, 고추장이, 술독에는 술이 익어 가는 마을이네."

점심 때 시작한 술자리는 저녁이 되어서야 끝이 났다. 행원에서 나온 뒤 김만석은 제대로 몸을 가누지 못했다. 허청허청 다가오더니 차일혁에게 포옹을 했다.

"내가 처음 차 서장의 집에 가서 많이 놀랐지. 인공 시절에 부역한 사람들이 숨어 있어서. 그때 차 서장이 내게 뭐라고 말했는지 알아? 자술서 좀 봐 달라고 했지. 잘 가게. 선운사 동백꽃이 지고 나면 또 보세."

차일혁은 부하들을 이끌고 다시 원각사로 갔다. 전투 중 산화한 아군과 적군의 넋들을 천도한 원각사에서 새벽에 깨어나 도량석 소리를 듣고 싶었다. 사정을 얘기하자 현담 스님은 흔쾌히 방을 내줬다. 차일혁은 술에 취해서 사찰을 다시 찾은 게 미안했으나, 현담 스님은 괘념치 않는 눈치였다.

차일혁은 사물 소리에 잠이 깼다. 모처럼만에 꿈도 없는 깊은 잠을 잘 수 있었다. 종종 악몽을 꿨다. 어떤 날의 꿈에는 누군가 잘린 목을 들고 있어서 다가가 보면 생면부지의 사내가 자신의 잘린 목을 들고 웃고 있었다. "누구요?"라고 물으면, "누구긴 누구야."라고 지껄인 뒤 사내의 얼굴은 자신의 얼굴로 바뀌었다.

차일혁은 얼른 때 묻은 이불을 개어서 놓은 뒤 옷가지를 챙겨 입고서 밖으로 향했다. 현담 스님과 어린 동자승이 경내를 돌면서 「신묘장구대다라니」를 독경하고 있었다. 차일혁은 대웅전으로 들어갔다. 위패가 모셔진 영단 앞에 검은 그림자가 어른거려서 바투 다가가 보니 양희근이었다. 양희근은 위패들에 앞에 서서 넋을 놓고 있었다. 차일혁은 영단 앞에 놓인 벼루를 간 뒤 붓에 먹물을 적셔 한지에 '이현상 사령관 이하 남부군 소속 무주고혼無主孤魂 위령慰靈'이라고 적었다. 위패 명단 옆에 새로 쓴 위패를 붙이고 차일혁은 양희근을 쳐다보면서 말했다.

"위령들에게 함께 절을 올리자."

차일혁과 양희근은 위패가 모셔진 영단을 향해 두 차례 절을 올렸다. 그리고 향을 피웠다. 오동향로에 꽂은 향에서 한 오라기 연기가 피어올랐다.

도량석이 끝나는 것을 기다렸다가 차일혁은 주지실로 들어가는 현담 스님을 쫓아갔다. 주지실에 들어서자마자 일배를 올렸다. 현담 스님이 맞절을 했다. 현담 스님 앞으로 다가가 앉은 뒤 차일혁은 잠바 주머니에서 염주를 꺼냈다. 이게 뭐냐는 듯 현담 스님의 두 눈이 동그래졌다.

"이 염주는 남부군 사령관 이현상이 살아생전 썼던 것입니다. 제가 이현상의 시신을 화장할 때 같이 태우려다가 불구佛具이고 해서 챙겨 뒀던 것입니다. 저는 이 염주를 들고 다니면서 산에서 죽은 빨치산들이 떠오를 때마다 수시로 손으로 돌리며 위령들의 극락왕생을 발원했습니다. 일종의 죄의식 때문일 테죠. 이제 그만 죄의식도 내려놓을까 합니다."

이현상 사령관의 이름이 나오자 현담 스님의 두 눈에 인광이 비치는 듯했다. 차일혁의 얘기가 끝나자 현담 스님은 염주를 들고 살펴보다가 입을 뗐다.

"차 서장님은 경에 밝은 불자이니 이조 혜가 대사와 삼조 승찬 대사가 주고받은 선문답에 대해서는 들었을 겁니다. 풍병, 지금으로 치면 나병에 걸린 승찬 대사가 '제 죄를 참회하게 해 주십시오.'라고 말하자, 혜가 대사는 '죄를 가져와라. 참회해 주리라.'라고 응수했죠. 그렇게 혜가 대사의 문하에 든 승찬 대사는 『신심명信心銘』이라는 저서를 통해 지극한 깨달음은 어려운 게 아니다. 다만 가려서 선택하지만 않으면 된다는 가르침을 남겼습니다. 차 서장님의 말마따나 그 죄의식은 이제 그만 내려놓으셔도 좋을 듯싶습니다."

현담 스님이 허공에 시선을 두고서 씁쓸한 표정을 짓더니 말을 이었다.

"말은 이렇게 쉽게 하지만 산다는 게 간택의 연속이죠. 이편과 저편이 갈리면 어느 편엔가는 서야 하고. 이편이 살기 위해서는 저편을 죽여야 하고. 따지고 보면 다 밥그릇 때문일 테지요. 이 납승衲僧이 부끄러움 무릅쓰고 차 서장님에게 자자自恣의 말씀을 드리자면, 우리 중들도 밥그릇 앞에서는 유혐간택唯嫌揀擇을 못 한답니다. 한 달 전에는 서울의 한 사찰에 갔다가 주지 스님이 처첩을 거느린 것도 모자라서 사하촌에 기생집을 여러 채 운영하는 것을 보고서 욕지기가 올라왔답니다. 새벽녘에 기녀들이 떼거지로 몰려나와서 개천에 요강을 부시는 것을 보려니 민망하더군요. 이 염주는 인연 닿는 곳에 전달하도록 하겠습니다."

염주를 태울 것이라고 예상했던 차일혁은 적이 놀란 표정으로 물었다.

"인연 닿는 곳이라면?"

"승려 중에도 공산주의자들이 있답니다. 제 도반 중에도 남로당 출신이 있습니다. 그 스님께 드리려고 합니다. 이현상 사령관의 것이라면 그 스님에게는 더없이 귀한 것일 테니까요."

차일혁은 마음이 한결 가벼워지는 것을 느낄 수 있었다. 현담 스님은 차를 한잔 마시고 가라고 붙잡았지만, 차일혁은 갈 길이 바쁘다는 핑계를 대고 도망치듯 주지실을 빠져나왔다.

먼동이 터오기 전이어서 여전히 하늘은 캄캄했고, 그 어두운 하늘에 별들이 반짝였다. 현담 스님이 켜 놓은 듯 장명등만 어둠을 밝히고 있었다. 차일혁은 새벽 별들을 올려다보려니 저도 모르게 한숨이 터져 나왔다. 장구한 시간을 가로질러 온 별빛이 지상에 살포시 내려앉아 장명등이 된 것만 같았다.

해원탑解冤塔 앞에서 만난 마스크

— 2020년 10월경 평택 만기사

어머니의 기제사를 마치자마자 이복동생들이 차례대로 집으로 돌아갔다. 코로나 19 바이러스로 인해 설령 가족이라고 할지라도 오랫동안 함께 있을 수 없었다. 코로나 19 사태가 발생한 뒤 49재를 의뢰하는 신도들이 부쩍 줄었다. 49재 때마다 원경 스님은 마스크를 쓴 채 염불을 해야 했다. 유족들도 마스크를 쓴 채 제사를 올려야 했다. 어머니의 기제사도 마찬가지였다. 동생들은 마스크를 쓴 채 차례대로 차를 올렸다. 원경 스님은 떠날 때까지 마스크를 벗은 동생들의 얼굴을 볼 수가 없었다.

합장 반배로 인사하고 동생들이 떠난 뒤 원경 스님은 어머니를 처음으로 봤을 때가 떠올랐다.

1963년 수덕사의 말사인 정혜사에서 있을 때의 일이다. 대중의 저녁 공양을 준비하기 위해 후원에서 보리밥을 짓고 있는데, 한 스님이 헐레벌떡 달려와서는 말했다.

"보살님이 스님을 찾습니다."

"보살님? 어떤 보살님이요?"

"모르죠. 원경 스님을 찾는다고 하던데요."

종무소로 가 보니 어린아이를 포대기에 싸서 등에 업고 있는 중년의 여인이 서 있었다. 낯빛이 안절부절못하는 기색이 역력했다. 여인을 보는 순간 원경 스님은 다리가 후들후들 떨려 와서 그만 그 자리에 주저앉고 말았다. 여인은 사진으로만 봤던 어머니였다. 원경 스님은 어머니에게 "스님들 드실 저녁 공양을 차려야 하니까 잠시 기다려 달라"고 말하고 등을 돌렸다. 그리고는 방에 있는 자신의 바랑을 챙긴 뒤 어머니가 서 있는 반대 방향으로 도망치듯 달아났다.

정혜사에서 빠져나온 뒤 정처 없는 마음을 달래려고 원경 스님은 다시 만행의 길을 떠났다. 강원도 원주 영천사에 방부를 들이고 누웠는데, 세상이 덧없다는 생각이 들었다. 바랑에 넣고 다니던 수면제와 청산가리를 꺼내서 삼킨 뒤 물을 마시고 다시 누웠다. 깨어나 보니 원주도립병원이었다. 어떻게 알고 왔는지 한산 스님이 병원의 침상을 지키고 있었다. 보름 뒤 병원에서 퇴원했으나 속이 좋지 않아서 한동안 미음만 먹어야 했다. 한산 스님이 권해서 오줌을 먹기도 했다. 그 일이 있고나서도 정이 없었던 터라 어머니를 찾지 않았다. 나중에 어머니와 왕래를 하게 된 뒤 원경 스님이 "어떻게 내가 정혜사에 있는 것을 알았냐?"고 물었더니, 어머니는 "한산 스님에게 들었다."고 답했다.

원경 스님은 4년 뒤 대전에서 어머니를 다시 만났다. 대전역 인근의 한 식당에서 일행 중 한 사제 스님이 옆 좌석에 앉은 사내와 시비가 붙었는데, 시비가 주먹다짐으로 번지고, 다시 개인 간 싸움이 패싸움으로 번졌다. 상대방이 휘두른 각목에 뒤통수를 맞고서 스님은 이성을 잃게 됐다. 경찰이 출동했을 때는 이미 원경 스님은 벌써 여러 명을 때려눕힌 뒤였다.

경찰이 자신의 한쪽 손목에 수갑을 채운 뒤 스님의 한쪽 손목에도 수갑을 채웠다. 경찰서에 연행된 스님은 부끄럽지만 어머니에게 연락할 수밖에 없었다. 당시 어머니는 대전역 앞에서 상회를 운영하고 있었다. 피해자들에게 합의금을 주느라 어머니는 집을 팔아야 했다. 이후 원경 스님은 어머니와 연락을 주고받게 되었다. 1979년에는 막내동생이 해병대에 입대하기 전 찾아와 "어머님의 건강이 좋지 않으니 스님께서 제대할 때까지만 모셔 달라."고 부탁했다. 원경 스님은 자신이 주지로 있는 여주 서래암으로 어머니를 모셨다.

원경 스님은 만기사 경내를 거닐다가 하늘을 올려다봤다. 뭉게구름이 천천히 흘러가고 있었다.

"세월이 구름 같구나."

원경 스님은 혼잣말을 중얼거렸다. 송기원의 「붉은 꽃잎」이 떠올랐다.

여주에 가면 술을 마시고 고기를 먹는 스님이 살고 있습니다.

그런 스님의 우란분재에 저는 어머님의 천도를 맡겼습니다.

스님의 염불에 따라 어머니의 신위가 연기로 사라질 때, 그 연기에 취해 배롱나무 붉은 꽃잎이 가늘게 떨렸습니다.

사랑이여, 저의 마음속 붉은 꽃잎은 언제 어디서 무슨 연기에 취해 떨렸을까요.

시에서 '술을 마시고 고기를 먹는 스님'은 바로 원경 스님 자신을 일컫는 것이었다. 어머니의 제사를 모실 때마다 원경 스님은 '내 피붙이들의 원한은 누가 풀어 주나?' 하는 생각이 들었다. 수많은 사람의 기제사를 지내고, 수많은 망자의 극락왕생을 발원하는 게 업業인 승려 신분임에도 불구하고 처음 몇 년간은 어머니의 기제사를 지낼 때마다 목이 메어서 염불을 할 수가 없었다.

　원경 스님은 경내를 걷다가 해원탑解寃塔 앞에 섰다. 좌우 대립으로 희생된 모든 무주고혼들의 넋을 위로하기 위해 세운 탑이었다. 원경 스님은 두 손을 가지런히 모으고 선 채로 반배했다. 발길을 돌리려는데 뒤에서 인기척이 들렸다. 뒤를 돌아보니 양복 차림에 중절모를 쓴 사내였다. 중절모를 쓰고 있으니 머리카락이 검은지 흰지 알 수 없었고, 마스크를 쓰고 있으니 제대로 인상을 파악할 수 없었다. 그런 까닭에 사내가 중년인지 노년인지 가늠이 되지 않았다.

　"이 탑이 바로 해원탑이군요."

　사내의 목소리를 듣고서야 원경 스님은 사내가 노년임을 알 수 있었다. 몸과 마찬가지로 목소리도 늙기 마련인데, 사내의 목소리에는 절 마당에 깔린 낙엽을 비질할 때의 바스락대는 소리가 묻어 있었다.

　원경 스님은 합장 반배하면서 사내를 응시했다. 팔순이 넘도록 원경 스님은 초면의 사람을 대할 때는 경계의 눈초리를 거두지 않았다. 원경 스님은 언젠가 국가안전기획부 직원들을 만났던 일이 떠올랐다.

　만나기로 한 호텔 커피숍으로 나가 보니 양복 차림의 세 남자가 기다리고 있었다. 무리 중 상관으로 보이는 사내가 대뜸 "아버님의 함자가 어떻게 됩니까?"라고 물었다. 원경 스님은 "고아원 대신 절에서 자란 까닭에 부모님의 이름은 모른다. 남궁 혁이라는 이름으로 호적에 올리긴 했으나, 그렇다고 해서 아버지가 남궁씨인 것은 아니다. 아버지의 성씨조차 모른다."고 대답했다. 실제로 원경 스님은 서른세 살이 되어서야 호적에 이름을 올리고 주민등록증을 가질 수 있었다. 사내가 "우리가 스님의 부친 함자를 몰라서 묻는 게 아닙니다. 우리 업무 규정상 스님에게 직접 들어야 되기 때문에 묻는 것입니다. 스님께서도 이미 눈치를 채셨을 테지만, 우리뿐만 아니라 다른 기관에서도 이미 십여 년 전부터 스님을 사찰하고 있습니다."라고 속내를 털어놨다. 원경 스님은 오래 전부터 누군가 자신의 뒤를 밟고 있다는 것을 알고 있었다. 스님은 사실대로 아버지의 이름이 박헌영이라고 시인했다. 사내는 "시국 성명에 서명을 하시면 안 됩니다. 지금처럼 수행자로 은둔하시면서 살면 됩니다."라고 말한 뒤 자신의 전화번호를 알려 줬다. 용무를 마친 사내들은 먼저 자리에서 일어났다.

"은둔하시면서 살면 됩니다."라는 말을 들었을 때 원경 스님은 "학창 시절에 너무 공부를 잘해도 안 되고, 너무 공부를 못해도 안 됐다."는 이문구의 말이 떠올랐다. 빨갱이의 아들은 절대로 남의 눈에 띄지 않게 조용히 살아야 했다.

사내가 해원탑과 원경 스님을 번갈아 쳐다본 뒤 말했다.

"이 탑은 남로당 당원들의 넋을 기리는 탑인가요?"

원경 스님은 손사래를 쳤다.

"아닙니다. 6.25전쟁으로 인해 희생된 양쪽 진영의 모든 넋을 기리는 탑입니다."

사내가 천천히 고개를 끄덕였다.

"저는 탈북자입니다. 남한에 자리 잡은 지 오래됐습니다. 남한의 실향민들 2세들이 북녘의 고향을 그리워하듯이 저 역시 북한에서 살 때 남녘의 고향을 그리워했습니다. 추억이라고는 없는 곳인데도 말이죠. 그런데 정작 남한에 정착한 뒤부터는 북녘의 음식이 그리워지더군요. 제 아버지는 남로당 당원이었습니다."

사내의 얘기를 듣고서야 원경 스님은 사내가 왜 해원탑을 찾았는지 알 것 같았다. 원경 스님은 사내의 두 눈을 응시하면서 말했다.

"남한에서의 생활은 어떠신지요?"

"마스크, 이 입 가리개를 하고 생활하고 나서야 사람들은 비로소 상대의 두 눈을 바라보기 시작했어요."

사내는 선문답을 하는 것 같았다. 원경 스님은 방금 전 사내의 두 눈을 뚫어져라 처다본 게 결례를 범한 것 같아서 시선을 다른 데 돌리면서 말했다.

"그러게 말입니다. 눈을 맞추는 건 마음을 맞추는 일일 텐데요."

사내가 다시 고개를 주억거렸다.

"북한에서는 오래 전 당원들이 마스크를 쓰고 방역을 하던 때가 있었었습니다. 전염병자가 나온 집은 당원들이 직접 불을 지르기도 했어요. 코흘리개인 저는 당원들이 초가집에 불을 지르른 것을 멀리서 구경하곤 했죠. 전염병이 돌면 사람들은 가장 먼저 무엇을 하는지 압니까?"

원경 스님이 말없이 사내를 처다봤다.

"이편과 저편, 즉, 병에 걸리지 않은 사람들과 병에 걸린 사람들을 나눠서 분리하는 것입니다. 수령은 전쟁 직후 남로당계를 숙청했죠. 그 무렵 제 아버지도 사라져서는 돌아오지 않았죠. 수령은 자신과 맞서는 사람들은 연안파든 소련파든 상관없이 모두 숙청했어요. 그 과정에 위생방역위원회가 비상 체제가 아닌 상시 체제로 전환됐어요. 조금 더 세월이 흐른 뒤에는 위생방역위원회는 중앙위생지도위원회로 확대 개편됐어요. 당 중앙에서 인민들의 위생을 낱낱이 검열하면서부터 저절로 종파주의는 사라지게 됐죠."

원경 스님은 사내의 말뜻을 이해할 것 같았다. 인류는 역병이 돌면 그 책임을 특정한 집단에게 돌리려고 했다. 콜레라가 창궐할 당시 유럽인들이 유대인들을 핍박했던 것처럼. 북한에서 종파주의자들에 대한 숙청이 이뤄질 동안 남한에서는 공산주의자들에 대한 숙청이 이뤄졌다. 원경 스님은 이 현상을 만나기 위해 세 차례 지리산을 찾았던 일을 떠올렸다.

처음으로 원경 스님을 이현상에게 데리고 간 것은 한산 스님이었다. 6.25전쟁이 나기 전 구례 화엄사에 머물 때였다. 한산 스님은 피아골에 위치한 연곡사에 들러 며칠 묵은 뒤 다시 길을 떠났다. 5월의 지리산 산천에는 철쭉이 지천으로 깔려 있었다. 지리산 중턱까지 오르자 산사람들이 보였다. 원경 스님이 지리산에 들어가고 한 달 뒤 6.25전쟁이 났다. 하지만 산사람들은 북한군이 사흘 만에 서울 시내로 진입한 사실조차 모르고 있었다. 보급 투쟁을 다녀온 한 대원이 "인민군이 대전을 함락했다."는 사실을 알렸다. 이 소식을 듣고서 한산 스님은 원경 스님을 과천으로 데리고 갔다. 원경 스님은 아버지를 다시 만날 수 있다는 기대에 부풀었지만, 과천으로 가는 여정은 지옥과 다를 바 없었다.

김천을 거쳐 황간으로 향하던 중 원경 스님은 노근리 인근의 굴다리에 시체들이 무더기로 쌓여 있는 것을 봤다. 시체들 중에는 남정네는 물론이고, 치마저고리를 입은 여자, 머리가 하얗게 센 노인, 이제 막 걸음마를 뗐음직한 어린애도 있었다. 땅에 피가 흥건히 고여서 황토를 더욱 붉게 보이게 했다. 땡볕에 시체에서 흐른 피가 꾸덕꾸덕 말라 있었다. 파리 떼들이 시체들 위에 날아다녔고, 멀리서 까마귀 울음소리가 들렸다.

원경 스님은 공포에 휩싸여 다리를 떨면서 소리 죽여 눈물을 흘렸다. 한산 스님이 울고 있는 어린 원경 스님의 팔목을 잡고 갈 길을 재촉했다.

"그만 울어라. 앞으로 얼마나 더 이런 지옥의 광경을 볼지 모르는 일이니……."

오랜 세월이 흐른 뒤 원경 스님은 역사문제연구소 활동을 하는 과정에 노근리 양민 학살에 대해 알게 됐다. 미군이 피난 가지 않고 있는 양민을 빨치산의 정보원이라고 간주하고 영동읍 임계리와 주곡리 마을에 들이닥쳐 주민 500여 명을 후방으로 피난시켜 주겠다고 꼬드긴 후 노근리 굴다리가 있는 철로 위에 모아 놓고 학살을 자행한 것이다.

원경 스님은 충북 영동군 용산면에서 재차 참혹한 광경을 보게 된다. 계곡에 수많은 시체가 쌓여 있었는데, 시체들의 두 손이 철사로 묶여 있었다. 두개골 밖으로 뇌수가 흘러 내려온 시체 위로 파리 떼들이 날아다니는 것을 보고서 한산 스님은 차마 걸음을 못 떼겠는지 얼굴의 형상을 알아볼 수 없는 시체들만 골라서 한곳에 모았다. 사지가 경직된 시체들을 질질 끌어서 한데 모은 뒤 인근의 나무들을 모아서 불을 질렀다. 한산 스님은 영가를 천도를 바라는 염불을 했다. 희생된 넋들은 보도 연맹원들이었다.

과천에서 원경 스님은 정태식을 만날 수 있었다. 원경 스님은 한산 스님과 정태식의 대화를 통해 이관술, 김삼룡, 이주하가 죽었다는 사실을 알았다.

원경 스님이 과천에서 안식을 취하는 동안 미군은 인천 상륙 작전에 성공했다. 원경 스님은 한산 스님의 손에 이끌려 이현상 부대와 합류하기 위해 북평(동해)으로 향했다. 인천 상륙 작전이 성공한 만큼 오래지 않아 서울에서 인민군은 퇴각해야 할 상황이었다. 한산 스님은 이현상 부대에 몸을 맡기는 게 상책이라고 생각했다. 북평으로 가는 길은 제법 멀었다. 가는 곳마다, 이르는 곳마다 폐허가 아닌 곳이 없었다. 길마다 시체들이 널브러져 있었고, 지게에 살림살이를 지고 어딘가로 향하는 피난민들이 줄지어 서 있었다. 폭격에 부러지고 불탄 나무 아래서 굶주린 아이들은 새까만 손바닥을 내보이면서 구걸을 했다. 어렵게 북평에 도착했으나, 이현상 부대를 만날 수는 없었다. 무릉계곡 입구의 삼화사 아래에는 몇 개의 천막이 있었는데, 이 천막들은 인민군복을 만드는 피복창이었다. 한 누이가 승복을 입은 어린 원경 스님을 보더니 겨울이 곧 닥칠 것이라면서 담요, 버선, 바지, 장갑을 만들어 줬다. 삼화사의 산내 암자인 관음암에 원경 스님을 홀로 남겨 둔 뒤 한산 스님은 이현상 부대를 찾아다녔다. 깊은 밤이면 바람에 흔들리는 풍경 소리에도 놀라서 이불을 뒤집어쓸 만큼 원경 스님은 외로움을 홀로 견딜 수 없는 어린 나이였다. 식량 떨어지면 한산 스님이 가르쳐 준 대로 인근 제일 높은 봉오리에 올라 청솔가지를 모으고 불을 지폈다. 집으로 돌아오면 여전히 청솔가지가 타면서 허공에 하얀 연기를 내뿜었다. 그리고 오래지 않아 어김없이 한 사내가 먹을거리를 들고 왔다.

　나중에 안 사실이지만, 이 무렵 이현상은 부대를 이끌고 38선 인근 양양에 도착했다. 거기서 며칠 쉰 뒤 바다를 등지고 내륙 방향으로 발길을 돌렸다. 평양으로 가기 위해서였

다. 하지만 이미 평양도 미 전투기의 융단 폭격으로 잿더미
로 변한 상태였다. 북한 지도부는 압록강까지 밀려갔고, 중
공군이 참전을 준비하고 있었다. 강원도 세포군 후평리에 들
어서다가 이현상은 이승엽과 재회했다. 이 자리에서 남조선
해방 지구 군사 전권 위원이자 조선인민유격대 총사령관의
자격으로 이승엽은 이현상을 남부군의 지휘권자로 임명했
다. 이현상 부대는 남부군을 창설하기 위해 발길을 다시 남
쪽으로 돌릴 수밖에 없었다.

　한산 스님의 손에 이끌려 원경 스님은 이현상 부대와 합류
하기 위해 담양 가막골로 갔다가 무주 구천동으로 옮겼다가
덕유산 원통사로 향했다. 원통사에서 이현상과 재회했다. 이
현상이 이끄는 산사람들은 이전에 봤던 것과 전혀 달랐다.
군복과 무기가 통일돼 있어서 정규군처럼 보였다. 산사람들
은 걸음이 빨라서 그 행렬을 따라가려면 어린 스님으로서는
거의 뛰다시피 해야 했다. 보급 투쟁을 따라간 적도 많았다.
당시 스님의 임무는 마을에 먼저 내려가 군경이 있는지 정찰
하는 것이었다. 전쟁 중이라고 해도 산간벽지의 아이들은 순
박해서 낯선 아이를 봐도 경계하지 않았다. 스님은 마을의
아이들과 놀다가 군경이 나타나면 헛간으로 가서 주머니에
넣고 다니던 솜을 꺼내서 불을 붙였다. 솜은 마른 쑥을 비벼

서 만든 것이었다.

산짐승처럼 지내길 3년, 어느 날 새벽에는 이현상과 한산 스님이 말다툼을 했다. 한산 스님은 이현상에게 북한으로 가라고 했다. 휴전협정이 체결될 때 다른 동지들도 북한으로 갈 수 있는 활로를 열라는 것이었다. 하지만 이현상은 한숨을 내쉬었다. 돌이켜 보면 이현상에게는 누비고 다니는 산 말고는 갈 곳이 없었다. 남로당이 모두 숙청당한 상황에서 북한으로 간다는 것은 죽으러 가는 것이었다. 이미 남부군 내에서도 입지가 좁아지고 있는 상황이었다. 그렇다고 명색이 남부군 사령관이 남한의 군경에 자수를 할 수도 없는 노릇이었다.

자는 척하고 있었지만 원경 스님은 이현상이 하는 말을 똑똑하게 들을 수 있었다.

"북에서 우리를 받아 줄 것 같소. 이미 남한의 빨치산을 버렸다는 것을 모르겠소. 나는 여기서 동지들과 같이 죽을 수밖에 없는 운명이오. 내가 북으로 간다고 해도 살 길은 없소. 나를 죽이려고 사람들을 보내는 마당에. 북에서 고초를 겪고 있을 박헌영 동지를 생각해서라도 동지는 저 아이를 데리고 하산하는 게 좋겠소. 저 아이만은 이렇게 죽일 수 없소. 저 아이는 자신의 시대를 살아갈 권리가 있을 테니."

그날 아침 한산 스님은 원경 스님을 데리고 토벌대의 눈을 피해 지리산을 내려왔다. 그것으로 이현상과의 인연이 끝이 났다.

중간에 한 번 다시 만날 기회가 있었는데 만나지 못했다. 지리산에서 내려와 전남 광양에 머물 때였다. 한산 스님이 누더기 승복과 이발 기계가 담긴 바랑을 등에 지워 주면서 말했다.

"백운산의 상백운암으로 가 있으면 이현상 아저씨가 올 거다. 이현상에게 이 바랑을 건네줘라."

원경 스님은 바랑을 짊어지고 백운산을 오르다가 경찰들에게 붙잡혀 경찰서로 끌려갔다. 한 경찰이 스님에게 저녁으로 보리밥 한 덩이와 시래기에 멸치 넣은 것을 건넸다. 스님은 저녁을 먹지 않았다. 이를 보고서 경찰이 "왜 밥을 먹지 않느냐?"고 물었다.

"이런 걸 먹으면 부처님께 혼이 납니다."

이 말을 듣고서야 경찰들은 스님을 풀어 줬다. 만약 계획대로 암자에서 이현상을 만났다면 이현상은 삭발을 한 뒤 승복을 입고서 어딘가로 떠났을 것이다. 그가 떠나고자 했던 곳은 어디일까? 군경의 발표대로 그는 정말 사살된 것일까? 산에서 봤던 이현상의 산중처인 하 여인은 어떻게 됐을까?

하 여인은 남자 군복을 입고 있었으나, 멀리서 봐도 눈에 띨 정도로 미색이었다.

이현상의 어머니는 아들이 죽었다는 사실을 믿지 않았고, 1975년 10월 임종할 때까지 아들이 돌아오길 기다렸다. 이현상의 어머니라는 이유로 그녀는 죽인 뒤에도 편안히 영면에 들 수 없었다. 장례 후 며칠 뒤 그녀의 시신 중 목과 사지가 잘리는 끔찍한 사건이 벌어졌다.

빨갱이의 가족은 죽은 뒤에도 용서하지 않는 세상이었다.

몇 해 전 원경 스님은 이현상과의 추억을 더듬어 보고자 경남 산청에 간 적이 있었다. 때마침 산청불교사암연합회가 산청군 금서면 동의보감촌에서 '지리산전몰원혼 위령제'를 봉행하고 있었다. 그런데 지리산전몰원혼 위령제가 끝난 뒤 군경의 가족들과 빨치산의 가족들이 다투는 촌극이 벌어졌다. 한쪽에서는 빨갱이의 가족이라고 몰아세웠고, 다른 한쪽에서는 학살자의 가족이라고 맞섰다.

어찌 보면 군경과 빨치산과 양민의 유족을 한데 모은 것 자체가 잘못이라고 할 수 있었다. 해방 이후 지금껏 하루도 한반도에서 이념 갈등이 없었던 날은 없었다. 군경의 유족과 빨치산의 유족이 다투는 모습을 보면서 원경 스님은 깨닫게 됐다.

극락도, 지옥도 이 예토穢土에 있음을. 불보살님도, 악귀도 이 사바세계에 살아 있음을. 남에게 이로움을 주는 선업善業이 극락불찰이고, 남에게 해로움을 주는 악업惡業이 삼악도임을.

원경 스님은 산사람들과 함께했던 곳을 찾아봤으나 이현상의 흔적을 찾을 수는 없었다. 성과라면 고작 하산길에 바람 부는 방향으로 가지를 뻗고 있는 바위틈에 뿌리를 내린 소나무를 본 게 고작이었다. 비틀린 나뭇가지들은 상형문자 같았다. 이현상의 넋이 있다면 오직 한 방향만 향해서 서 있는 저 나무에 깃들어 있을 것이고, 바람이 부는 대로 송홧가루를 흩날리는 저 나뭇가지에 깃들어 있을 것만 같았다.

이번에는 사내가 원경 스님을 빤히 쳐다보면서 입을 뗐다.

"올라오다 보니 천왕문 앞에 '원수는 갚지 말고 은혜는 갚아라.'라는 글귀가 쓰여 있더군요. 좋은 말이라고 생각합니다. 우리 아버지의 시대가 내 편과 네 편을 가르고 싸우는 시대였다면, 우리의 시대는 그 싸움의 원한을 가슴에 새기고 살아야 하는 시대였고, 우리 자손들의 시대는 그 원한을 말끔히 풀고 더불어 살아가는 시대이길 바라게 됩니다. 그건 그렇고 코로나 백신은 맞았습니까?"

"2차까지 맞았습니다. 그러는 선생님은?"

"저도 2차까지 맞았습니다. 부작용은 없던가요?"

"딱히. 선생님은?"

"이미 오래 전에 큰 병을 앓았던지라 어지간해서는 아픈 줄도 모르겠습니다. 언젠가부터 병이라는 손님과 함께 살고 있는 거죠. 인류가 처음으로 개발한 코로나 19 백신의 이름이 스푸트니크라고 하더군요."

"스푸트니크요?"

"동무라는 뜻입니다."

"그러고 보니, 남한에서는 동무라는 말을 안 쓰죠. 벗이나 친구, 동반자 정도가 되겠군요."

사내의 말에 원경 스님은 자신도 모르게 두 손을 모으고 정중히 반배를 하게 되었다. 사내가 한 손으로 중절모를 벗긴 뒤 허리를 숙여 인사했다. 그리고 말없이 등을 돌려서 제 갈 길을 갔다.

원경 스님도 발길을 돌려 명부전 외벽에 그려진 반야용선도般若龍船圖 앞에서 걸음을 멈췄다. 반야용선은 사람이 죽어서 극락정토로 건너갈 때 탄다는 상상 속의 배이다. 그림은 십여 명의 선남선녀들이 관음보살과 지장보살의 보호를 받으면서 청룡 모양의 배에 올라 있는 모습이다. 배에 오른 일행 중에는 출가자도 있고 재가자도 있고, 남자도 있고 여자도 있고, 노인도 있고 어린애도 있다. 남녀노소의 구분도, 신분의 차별도 없는 것이다.

원경 스님은 명부전 안으로 들어가 중앙 불단에 삼배를 올렸다. 불단에는 중앙에 청동지장보살좌상이 모셔져 있고, 그 좌우를 무독귀왕과 도명존자가 협시하고 있다. 삼배를 마치고 원경 스님은 향에 불을 붙여 향로에 꽂았다.

돌이켜 보면, 인생은 향기가 되어 사라지는 향과 같았다. 나이가 들수록 가까운 기억은 만난 사람의 이름 석 자조차도 정확하게 떠오르지 않는데, 먼 기억은 방금 전에 겪은 일처럼 또렷했다.

겁에 질린 나머지 비명을 지를 엄두조차 내지 못하고 어딘가로 황급히 도망치는 아이가 있다. 달이 뜨지 않은 캄캄한 밤길이어서 한 치 앞도 보이지 않는다. 어둠 속을 허청이다가 불빛이 보여서 다가가 보면 도깨비불이다. 놀라서 뒷걸음을 치다 보면 어느새 아이는 어두운 석실에 갇혀 있다.

원경 스님은 수많은 천도재를 지내면서 넋이 있다는 것을 알게 되었다. 소리가 나지 않는다면, 목탁은 한낱 나무, 징은 한낱 쇠에 지나지 않을 것이다. 목탁이나 징이 우리의 몸이라면 허공에 울려 퍼지는 소리는 우리의 넋이리라. 하지만 알려진 것과 달리 망자가 이승을 떠나지 못해 넋이 되는 게 아니었다. 남겨진 자들이 떠나려는 자의 발목을 붙잡아서 넋이 되는 것이었다. 때로는 사랑하는 마음이 지나쳐서, 때로는 미워하는 마음이 지나쳐서 망자를 보내지 못했다. 물론 전자보다는 후자가 더 무서운 넋을 만들었다.

이 세상에서 제일 무서운 넋은 적의敵意의 넋이었다. 적의로 가득 찬 사람의 마음이 적의의 넋을 만들고 있었다. 적의의 넋들은 온몸의 살점이 베어질지라도 칼날로 이뤄진 숲을 지나는 것을 멈추지 않고, 온몸이 뼈가 녹을지라도 벌건 쇳물의 강을 건너는 것을 멈추지 않고, 온몸의 피가 마를지라도 태양이 이글거리고 모래바람이 휘몰아치는 사구砂丘를 오르는 것을 멈추지 않고, 온몸이 푸른색으로 변하고 혓바닥이 얼어붙을지라도 빙하氷下의 협곡을 헤매는 것을 멈추지 않았다. 자신을 불태우고 주변을 불태우고 세상의 모든 것을 불태울 때까지.

원경 스님은 어릴 적 봤던 산야에 널브러져 있는 주검들이 떠올랐다. 철사에 손목이 묶여 끌려가는 사람들의 행렬. 그리고 허공에 울려 퍼지는 총성들. 핏물이 스며들어서 더욱 붉게 보이던 철쭉꽃 그늘 앞에 서서 어린 스님은 누가 가르처 준 것도 아닌데 두 손을 모으고 영가의 극락왕생을 빌었다.

원경 스님은 영단 앞으로 나아가서 합장을 한 뒤 나지막이 염불을 했다.

원하오니 저희 목숨 다할 때까지

어느 때나 아미타불 항상 외우며

마음마다 옥호광명 떠올리면서

생각마다 금빛 모습 간직하오며

염주 들고 시방법계 관하옵나니

허공으로 끈을 삼아 모두 꿰어서

평등하신 노사나불 항상 계시니

서방정토 아미타불 관하옵니다

나무서방대교주 무량수여래불 나무아미타불

원경 스님은 좌복 위에 가부좌를 틀고 앉아 두 눈을 감고 염주를 돌리기 시작했다. 혀끝에서는 보리주라는 말이 맴돌았다.

예전의 고승들은 자신이 떠날 때를 미리 알고 숲속으로 들어가 풀섶을 방석 삼아 가부좌를 틀고 앉았다. 그리고 앉은 채 스스로를 풍장風葬 했다. 목에는 율무 열매로 된 염주가 걸려 있었는데, 열반 후 스님의 법체는 후둑후둑, 떨어진 율무 열매들의 거름이 되었다. 스님이 앉았던 자리에 율무가 자랐다.

이 세상에는 보이지 않는 끈이 있어 사라져 종적을 찾을 수 없는 존재도 누군가의 마음 밭에 씨앗을 뿌려서 언젠가는 열매를 맺나니……. 원경 스님은 망상을 떨치기 위해서 머리를 흔들었다. 그리고 코끝에 느껴지는 자신의 숨소리에 온 정신을 집중했다.

두 손은 넝쿨이 되고, 두 발은 덩굴이 되어

— 1955년 4월경 안동교도소

황톳길 위로 아지랑이가 아물거렸다. 황소가 끄는 달구지가 좁은 길을 가로막고 있자 유도수는 인상을 찡그렸다. 지프차는 속도를 줄여서 서행하더니 숫제 멎은 듯했다.

며칠간 비가 내려서 길가에 늘어서 있는 미루나무들에는 새순이 돋아서 초록 물이 오르고 있었다.

그런데 야산에서 검정개가 혓바닥을 늘어뜨린 채 헐떡이면서 뛰어오는 게 보였다. 그 뒤로 야상을 입은 사내들이 몽둥이를 들고 뛰어왔다. 검정개는 사내들의 몽둥이에 맞은 듯 다리를 절뚝거렸다. 한 사내가 오랏줄을 개의 모가지에 걸었다. 오랏줄에 목이 맨 개는 바닥에 배를 드러내고 누웠다.

사내가 오랏줄을 바짝 당기자 검정개가 컥컥, 숨넘어가는 소리를 냈다. 뒤따라온 두 사내가 몽둥이로 개의 몸통을 사정없이 내리쳤다. 한 사내는 줄에 모가지가 묶인 개를 질질 끌고 가고, 두 사내는 쉴 새 없이 몽둥이로 발버둥 치는 개의 몸통을 내리쳤다. 사내들은 씩씩거리면서 검정개를 끌고서 왔던 길을 되돌아갔다. 검정개는 야산의 어느 나무에 매달릴 게 뻔했다. 때려죽여야 고깃살이 연하다면서 경쟁이라도 하듯이 사내들은 매타작을 할 것이고, 검정개는 똥물을 지리다가 죽어 갈 것이다.

사내들은 위악僞惡을 부리고 있었다. 합동작전을 펼치면서 다른 부대원들의 만행을 목도한 적이 한두 번이 아니었다. 사람은 해서는 안 되는 일을 해야 할 때 위악적인 태도를 보이기 마련이었다.

전쟁터에서는 상대가 적이라는 이유로, 적과 내통했다는 이유로 사람을 개처럼 대하기 일쑤였다. 무릎 꿇게 한 뒤 머리에 총을 쏴서 죽이고, 총알조차 아깝다고 칼로 가슴을 찔러 죽이고, 널브러진 주검들을 장작 쌓듯이 아무렇게나 내던져 포갠 뒤 등유를 뿌리고 불을 지르고……. 적의 가족이라는 이유로 혹한의 날씨에 남녀노소 따질 것 없이 발가벗기고, 속곳 차림에 바들바들 떨면서도 두 손으로 가슴을 가리는 어린 계집애만 골라서 어딘가로 끌고 가고…….

전쟁이 길어질수록 사람들은 악귀로 변해 갔다. 꿈마다 찾아오는 헛것을 피하기 위해서 자신이 헛것이 되어 갔고, 식은땀을 흘리며 깨어나는 악몽을 피하기 위해서 자신의 일상을 악몽으로 만들어 갔다. 돌이켜 보면 전쟁에서 가장 무서운 것은 적이 아니라 적에게 자신이 한 일이었다.

차일혁은 인상을 찡그리며 고개를 돌렸다. 여전히 황소가 끄는 달구지는 갈 길을 막고 있었다.

차일혁은 현천근이 들고 다니던 '쇠좆몽둥이'라고 불리던 철봉鐵棒이 떠올랐다.

현천근은 평안도 정주의 지주 아들이었으나, 면인민위원회가 인민재판을 통해 토지 문서를 모두 빼앗고 세간마다 빨간딱지를 붙이자 며칠 뒤 혈혈단신으로 남하했다. 그의 아버지와 형은 어딘가로 끌려간 뒤 소식이 끊겼다고 한다. 남하해 서북청년단에 가입한 뒤 토벌대의 일원이 되어 4·3 사건을 진압하려고 제주도로 내려갔다.

현천근은 철봉으로 반란군은 물론이고 그 가족들까지도 때려죽였다. 그의 철봉을 맞은 도피자 가족들은 머리가 깡통처럼 찌그러지는가 하면, 눈알이 튀어나온채 죽어 갔다. 심지어 애엄마를 죽인 뒤 그 여자가 안고 있는 갓난애까지 군 홧발로 밟아 죽여서 이를 지켜보는 토벌대들조차도 고갤 돌렸다고 한다.

차일혁이 현천근을 만난 건 서전사(西戰司, 서남 지구 전투경찰 사령부) 2연대장으로 복무할 때였다. 1953년이 되자 남한의 빨치산들은 1,000명 이하로 줄어들었다. 북한의 보급이 없는 상황에서 먹을 것이라곤 나무뿌리밖에 없는 산에서 3년을 버틴 것만 해도 놀라웠다. 이승만 대통령은 경무대에서 괴산 지구 공비의 섬멸을 위한 회의를 여러 차례 열었다. 이승만 대통령의 지시로 '서남 지구 전투경대 설치법'이 공포됐다. 이 법에 따라 해당 도지사는 서전사 사령관에게 행정권을 이양하게 됐고, 서전사 사령관은 독자적인 지휘권을 갖고 국군의 통제에서 벗어나 공비 토벌을 할 수 있게 됐다. 이러한 조치는 국군과 경찰의 공비 토벌 경쟁을 부추기고자 하는 의도가 다분했다. 서전사 1, 2연대는 남원에, 3연대는 순천에, 5연대는 함양에 창설됐다.

현천근은 함양에 설치된 제5연대 소속 대대장이었다. 김억순 5연대장은 이현상이 이끄는 빨치산 부대가 청주시를 습격했을 때 청주시 외곽의 200연대 1대대장으로 있었다. 이현상의 청주 습격으로 인해 직위 해제를 당했던 터라 그는 이현상이라면 이를 갈았다. 김억순 5연대장은 현천근을 각별히 아꼈다. 대대장임에도 불구하고 현천근은 공비 소탕 작전에 나서면 직접 총과 포를 들고서 몸을 사리지 않고 뛰어다녔다.

사석에서 만난 자리에서 현천근은 통성명을 하자마자 형님이라고 불렀다. 차일혁은 자신이 속한 부대의 부하도 아니고 해서 형님이라고 부르는 것을 굳이 문제 삼지 않았다. 나중에 알고 보니 그는 자신보다 나이가 조금 많다 싶으면 형님이라고 불렀고, 제법 많다 싶으면 아즈바이라고 불렀다. 언뜻 보기에는 넉살 좋고 붙임성 있는 시원시원한 성격이었다. 차일혁은 지주 아들 출신이어서 구김살이 없는 모양이라고 지레짐작했다.

차일혁은 다른 연대들과 합동작전을 펼치다가 그의 모습을 보고서 놀랐다. 그는 공비를 보면 자신도 모르게 체머리를 흔들고 두 눈을 깜빡거렸다. 혼잣말을 중얼거리는 게 넋이 나간 사람 같았다. 포화가 빗발치는 전선에서 이리저리 뛰어다니는 그의 모습을 보고 있으면 두려움이라고는 없는 것 같았다. 포로로 붙잡힌 빨치산들을 취조할 때 그는 입을 떼기 전에 먼저 손에 들고 다니는 철봉부터 휘둘렀다.

안동교도소 앞에 지프차가 멎었을 때 차일혁은 머리가 지끈거렸다. 안동교도소장인 현천근에게 자신과 하 여인의 관계를 어떻게 둘러대야 하나 걱정이 앞섰다.

교도소장실의 문을 열자 현천근이 어린애처럼 해맑게 웃었다. 현천근의 책상 위에는 철봉이 놓여 있었다. 햇살을 받아 은빛으로 반짝이는 철봉과 현천근의 천진난만한 웃음이 너무도 대조적으로 느껴졌다.

"형님, 잘 지내셨소? 충주에 계신다는 말은 들었쉐다. 형님도 그간 고생이 많으셨으니 그 정도 영화는 누려야죠."

차일혁은 인사말 대신 손을 내밀어 악수를 청했다. 이제는 경례를 주고받는 것보다는 악수를 나누는 게 서로에게 예의인 듯싶었다. 현천근이 두 손으로 차일혁의 손을 잡았다.

"도수, 희근이와 같이 왔네."

현천근은 차일혁의 뒤에 서 있는 유도수와 양희근을 바라봤다.

"형님도 대단하시구랴. 옮기는 곳마다 부하들을 데리고 다니고. 더군다나 빨갱이 출신 부하까지."

그러더니 현천근은 손가락으로 양희근의 가슴을 쿡, 찔렀다.

"너는 죽을 때까지 형님께 목숨 바쳐 충성해야겠다. 빨갱이 도둑놈 새끼를 이렇게 경찰복을 입고 다닐 수 있게 해 준

게 다 형님 덕 아니니?"

　서전사에 몸담고 있을 때도 현천근은 빨치산 출신 부하들만 보면 공연히 시비를 걸곤 했다.

　"간나 새끼, 왜 대답이 없네. 버버리(벙어리)도 아니고."

　현천근이 쏘아봤으나 양희근은 가타부타 말이 없었다. 대신 보다 못한 유도수가 참견을 했다.

　"말씀이 지나치지 않습니까? 간나 새끼는 뭐고, 빨갱이 새끼는 뭡니까? 희근이도 이제 공훈을 많이 세운 대한민국 경찰입니다."

　"공은 무슨. 빨갱이 새끼가 빨갱이 새끼 잡는 건 제 젯값 치르는 거지."

　화가 난 듯 현천근의 낯빛이 붉어지는 것을 보고서 차일혁이 얼른 화제를 돌렸다.

　"점심이나 하러 가세. 시장하네."

　차일혁의 말을 듣고서 현천근은 자신이 화가 났었다는 사실도 잊은 채 다시 어린애처럼 해맑게 웃었다.

　"안 그래도 형님하고 점심 먹으려고 기다리고 있었소."

　현천근은 차일혁 일행은 교도소 인근의 설렁탕 집으로 안내했다. 설렁탕 집에 들어서자마자 현천근은 주인을 불렀다.

　"여기 설렁탕 주고, 간과 천엽도 주시구려."

소간을 굵은 소금에 찍어 먹고서 현천근이 말했다.

"많이 드시라요. 우리 고향 집에는 외양간에 소들이 많았는데 빨갱이들과 전쟁을 하느라 소 구경하기도 어려운 세상이 됐으니."

국물까지 다 비운 뒤 현천근이 물었다.

"그런데 형님은 그 빨갱이 엠나이와 무슨 사이입니까?"

"내 친척이네."

"원래는 사상범, 그러니까, 빨갱이와는 면담이 앙이 되는데, 형님 친척이라니 내가 특별히 단 둘이 볼 수 있게 자리를 마련해 주지요. 그런데 조심하시라요. 그 엠나이 보통은 넘게 생겼던데요. 내가 꼬치꼬치 전력을 물었더니 그 엠나이가 두 눈 똑바로 뜨고서 뭐라는 줄 아십니까? 재판 과정에서 다 얘기했으니 더는 묻지 말라고 하지 않겠소. 그 엠나이 눈깔이 설핏 보믄 소처럼 커서 순해 보이디만, 유심히 보믄 빨갱이라고 분명히 덕혀 있소."

차일혁은 애써 보란 듯이 고개를 끄덕인 뒤 대답했다.

"어려운 자리를 마련해 줘서 고맙네. 현 소장이 시킨 대로 내가 여동생에게 다른 소리는 않고, 집안 근황만 전하도록 하지."

현천근이 흐뭇한 표정을 지었다.

"고마울 것까지 있겠소. 우리 사이에 그런 정도야 문데도 아니지요. 빨갱이 새끼들하고 맞서 싸우느라 죽을 고비를 넘긴 사람들인데. 그놈들한테 잡혔다면 우리도 나무에 매달려 살가죽이 벗겨져 죽디 않았겠소."

현천근은 죽을 고비 운운하면서 서전사의 공적을 포장했지만, 고작 1,000명 미만의 적군을 섬멸하기 위해 투입된 병력이 서전사 소속 6,000여 명, 1개 시, 12개 군의 경찰 병력 1만 2,000여 명 등 총 1만 8,000여 명에 달했다. 당시 군경의 빨치산 부대에 대한 공격은 겨울철 포수들의 토끼몰이에 지나지 않았다. 대통령이 1년 안에 공비를 섬멸하라고 지시한 가장 큰 이유는 이현상을 생포하기 위해서였을 것이다. 실제로 이현상이 죽은 뒤 빨치산 부대는 차례차례 섬멸됐다. 빗점골 회의에서 이현상을 맹렬하게 공격했던 방준표 전북도당 위원장도, 방영발 전남도당 위원장도 살아서는 산을 벗어날 수 없었다.

차일혁은 부하들을 교도소장실에 두고서 현천근을 따라서 접견실로 향했다. 하 여인은 이현상의 산중처였다. 경찰 조사에서는 물론이고 재판 과정에서도 하 여인은 이현상과의 관계를 숨겼다. 공비에 입대한 것은 자진한 게 아니라 빨치산들에 의해 강제로 끌려간 것이고, 의무 요원이었기 때문에 군경에게 총을 쏜 사실이 없다고 주장했다. 이런 정황들을 인정해 재판부는 징역 2년 형을 언도했다.

차일혁이 하 여인을 처음 만난 것은 매미가 자지러지게 울던 여름날이었다. 하 여인은 하산하다가 화계지서의 순경에게 붙잡혔다. 그런데 이상한 것은 지서에 끌려온 뒤 차일혁을 찾았다는 것이었다.

"여자 빨치산이 붙잡혔는데 대뜸 대장님부터 찾습니다. 대장님을 만나기 전까지는 어떤 말도 하지 않겠다고 합니다."

지서장으로부터 연락을 받고 차일혁은 화계지서로 향했다. 차일혁이 지서 들어서자 이십 대 초반으로 보이는 여자가 자리에서 일어나서 허리를 굽혀 정중하게 인사를 했다. 여자는 한눈에 봐도 미인이었다. 특히 두 눈이 고혹적이었다. 쌍꺼풀이 져서 눈이 컸고, 두 눈망울은 맑았으나, 어딘지 모르게 정염이 깃들어 있었다. "긴히 드릴 말이 있다."는 여자의 말을 듣는 순간 차일혁은 여자가 이현상의 산중처임을 직감할 수 있었다.

말없이 걷다 보니 접견실 앞이었다. 접견실의 문을 열어 주면서 현천근이 말했다.

"환담 나누시요."

접견실의 저편에는 하 여인이 먼저 나와 서 있었다. 하 여인은 차일혁을 보자 고개를 숙여 인사를 했다. 하 여인이 애써 앞니가 드러나게 웃어 보임으로써 인사말을 대신했다.

"친정에서 면회를 다녀갔나요?"

"네."

"아이도 봤겠군요."

"네."

하 여인은 감옥에서 아이를 낳았고, 출산한 아이는 친정에 보내졌다.

"대장님께서 선생님의 장례를 치러 줬다는 소식은 들었습니다. 뭐라고 감사의 말씀을 전해야 할지."

하 여인의 음성은 떨리고 있었다.

"선생님의 시신이 맞던가요?"

차일혁은 하 여인의 표정을 살폈다. 하 여인은 이현상의 죽음을 의심하고 있었다. 어쩌면 이현상이 살아 있기를 바라고 있는지도 모를 일이었다.

"노 선생의 시신 앞에서 김진영과 김은석이 선생님, 죄송합니다, 라고 울부짖은 뒤 눈물을 훔치고 거수경례를 부쳤다고 합니다."

하 여인이 알겠다는 듯 고개를 끄덕였다. 이윽고 두 눈이 붉어지는가 싶더니 고개를 파묻고 잠시 어깨를 들썩였다.

"죄송합니다. 감정이 격해져서 그만. 선생님께서 남긴 유품은 뭐가 있었나요?"

"염주, 가래 한 쌍, 미제 손칼, 손톱깎이, 수건, 수첩, 연필한 자루, 나침반이 전부였습니다. 유물은 화장할 때 같이 태웠습니다."

하 여인의 눈빛이 아연해졌다. 머릿속에서 이현상과의 나날을 떠올리고 있는지도 모를 일이었다.

"마도로스파이프는 없었나요?"

"보지 못했소. 평당원으로 강등당해 길을 떠나야 하는 상황이었으니 다른 사람에게 줬는지도 모르죠."

하 여인의 붉어진 두 눈이 빛났다.

"하나만 더 여쭙겠습니다. 선생님의 기일이 언제입니까?"

차일혁은 말문이 막혔다. 자신도 이현상이 언제 죽었는지 정확히 알지 못했다.

김종원이 작전 명령 9호, 즉, 이현상 체포 작전을 발동한 것은 1953년 9월 13일이었다.

빗점골 부근을 수색하던 618부대는 빨치산 부대원 7명이 마을에 나타나 식량을 빼앗아 갔다는 정보를 입수했다. 이창기 소대장이 대원들을 이끌고 빨치산들의 뒤를 밟았다. 김진영과 김은석은 아침밥을 지어 먹고 있다가 생포됐다. 두 사람은 남로당 제5지구당이 해체되기 전까지 이현상을 곁에서 지킨 호위병이었다. 두 사람의 심문 과정은 어려울 게 없었다. 제5지구당이 해체되고 이현상이 평당원으로 강등된 것에 불만을 품고 있던 두 사람은 순순히 이현상이 빗점골에 은신하고 있으나 조만간 경남도당으로 이송될 것이라는 사실을 털어놓았다.

심문을 마치고 차일혁은 두 사람을 2연대 수색대(사찰유격대)에 편입시켰다. 며칠 전까지만 해도 대한민국의 군경에 총부리를 겨누던 두 사람은 자신들의 사령관인 이현상을 잡기 위한 작전에 투입됐다.

차일혁은 이현상이 빗점골 절터 인근에 있다는 정보가 새어 나가지 않도록 부하들에게 입단속을 시켰다. 서전사 4개 연대 소속 4,000여 명이 투입하기로 한 예정일에는 이미 육군 56연대가 빗점골에 들어가 있었다. 차일혁은 작전을 닷새 미룰 수밖에 없었다.

9월 17일 저녁, 국군의 철수에 맞춰 경찰 병력은 빗점골에 들어갔다. 이튿날 오전 11시 30분경 차일혁은 부하들로부터 이현상을 사살했다는 보고를 받았다. 이현상 일당이 너덜바위 아래로 내려오는 것을 발견하고 집중사격해 사살했다는 것이었다. 김용식은 목에 여덟 발이나 총을 쐈으나 머리를 자르는 것은 실패하였다. 이날 오후 이현상의 시신이 있는 인근을 배회하던 김지회 부대원 5명이 토벌대에게 총살되었다. 김지회 부대원들은 이현상의 시신을 찾으러 왔다가 죽었을 가능성이 높아 보였다. 차일혁은 이현상의 시신을 확인한 뒤 상부에 보고했다.

하지만 육군 측의 주장은 달랐다. 5사단 56연대 수색대가 이현상을 사살하고도 이현상인 줄 모르고 권총만 가져갔다는 것이었다. 육군 측은 이러한 주장을 뒷받침할 만한 증거로 권총을 제시했다. 56연대 수색대 오동식 상사는 매복조를 이끌고 빗점골에 갔다가 이현상을 만나게 됐다. 오 상사를 보고 공비는 "국군이냐? 경찰이냐?"고 물었다. 오 상사가 "국군이다."라고 대답하자, 공비는 "협상할 일이 있으니, 장교를 불러 달라."며 권총을 들고 다가왔다. 권총을 버리라는 경고에 불응해 오 상사는 공비를 사살했고, 공비의 목을 자르려고 했으나 때마침 대검이 없어서 권총만 수습해 왔다는 것이었다.

종합해 보건대 오 상사의 주장은 제법 일리가 있었다. 차일혁이 입을 뗐다.

"9월 17일입니다. 시각은 알 수 없으나 아마도 해가 지고 난 무렵일 겁니다."

하 여인에게 이현상은 자신이 몸담은 조직의 정신적 지도자이자, 추위와 배고픔마저도 잊게 해 줬던 정인이고, 매년 9월 17일이 되면 그와의 추억을 되새기며 기제사를 올려야 하는 죽은 지아비이며, 어머니 성씨를 써야 하는 가여운 운명을 타고난 유복자 아들의 아버지일 것이었다. 하지만 군경에게는 그저 서전사가 죽였니 남경사(남부 지구 경비 사령부)가 죽였니 다퉈야 하는 남부군의 사령관에 지나지 않았다.

실제로 서전사와 남경사의 공로 다툼이 내무부와 국방부의 갈등으로까지 번졌다. 내무부와 국방부의 구성원으로 꾸려진 합동 조사단이 내려와 군경 합동 관계 당국자 회의까지 열었지만 결론을 내지는 못했다.

대통령은 서전사와 남경사 중 서전사의 손을 들어 줬다. 그도 그럴 게 서전사는 이현상의 시신을 갖고 있었지만, 남경사는 이현상의 총밖에 갖고 있지 않았다.

"여러모로 감사합니다. 이 은혜를 어떻게 갚아야 할지……."

"은혜랄 게 있겠습니다. 그저 몸 성히 가족에게로 돌아가서 아이를 잘 키우십시오. 그게 저 세상에 있는 노 선생도 바라는 일일 테고요."

차일혁과 하 여인의 사이에는 무거운 침묵의 순간이 흘렀다. 차일혁은 시간이 얼마 남지 않았음을 짐작하고 입을 뗐다.

"나도 한 가지만 물읍시다."

하 여인이 눈을 동그랗게 떴다.

"저번에 그런 말을 했죠? 노 선생이 진주에서 기다리라고 했다고?"

"네."

하 여인은 차일혁을 찾았을 때 자신이 하산하게 된 경위를 털어놨다. 이현상은 하 여인에게 하산하라고 했다는 것이었다. 진주에서 기다리고 있으면 찾아갈 것이고, 다시 만나면 함께 일본으로 밀항하자는 말도 덧붙였다고 한다.

"그런데 하산하다가 붙잡혔을 때 왜 저를 찾은 거죠?"

하 여인이 잠시 허공의 한 점을 응시했다. 아득한 기억을 더듬는 것 같은 몽환적인 눈빛이었다. 하 여인이 차일혁을 바라보면서 말을 이었다.

"선생님께서 대장님이 뿌린 선무용宣撫用 전단을 보고서 희미하게 웃으신 적이 있어요. 원래 선생님은 담배를 피울 때 마도로스파이프를 썼는데 그때는 그 전단지에 담배를 말아서 피웠어요. 나중에 빨치산 부대원들이나 보급 투쟁에 협조했던 지역 주민들에게도 인간적으로 대한다는 소식도 듣게 되었지요. 제가 붙잡혔을 때 대장님을 찾은 것은 그러한 연유 때문입니다."

이현상이 하 여인을 하산시킨 이유를 알 것 같았다. 이현상은 이미 정치적인 입지를 잃은 상태였다. 이현상은 휴전과 함께 북한에서 박헌영을 비롯한 남로당 계열에 대한 대대적인 숙청이 이뤄지면서 쓸쓸히 역사의 뒤안길로 사라져야 할 위기에 처했다.

이현상이 남부군의 총사령관이 된 것은 1951년 여름 덕유산 송치골에서 열린 남한 6개도당 위원장 회의에서였다. 그는 그간 유격 투쟁을 벌여왔던 6개 도당의 유격대를 하나로 합쳐 남부군이라는 일원화된 사단 체제를 정비할 것을 역설했다. 회의 결과 당과 유격대의 과업이 분리됐다. 이현상은 송치골 회의를 통해 빨치산의 군사권을 장악할 수 있었다.

하지만 이태 뒤 이현상은 송치골 회의 결과에 대한 모든 책임을 질 수밖에 없었다. 남부군 총사령관이 된 뒤 그는 남한의 군경들은 물론이고 군경들이 앞세운 빨치산 출신의 수색대와 싸워야 했다. 하지만 남로당 계열이 숙청된 뒤 산에 남은 빨치산들이 가장 무서운 적으로 바뀌었다. 폭염의 땡볕에 산마다 녹음綠陰이 짙어 갈수록 녹음의 그림자에는 형형한 살기가 숨어서 번뜩이곤 했다.

송진 타는 여름날, 빗점골에서 열린 회의에서 전남도당 위

원장과 전북도당 위원장은 맹렬하게 그를 공격했다. 미 제국
주의의 간첩의 지령에 따라 남부군을 결성했으며, 정규군처
럼 부대를 운영해 대원들의 희생을 불렀고, 간부로서 모범을
보이지 않고 산중처를 뒀다는 게 그들의 주장이었다. 박헌영
의 추천으로 소련의 모스크바에 유학을 다녀온 그들이 박헌
영이 처형되자마자 김일성의 편으로 돌아선 것이다. 게다가
그들은 산중처가 있다는 것을 문제 삼을 형편이 아니었다.
그들도 산중처를 두기는 마찬가지였다.

차일혁이 보기에도 그들의 태도는 비열했다. 빗점골에서
열린 조직 위원회 회의에서 전남도당 위원장 박영발은 제5지
구당 해체를 결의했고, 이현상은 실권을 잃고 감금되었다.
완벽하게 거세당한 것이다.

차일혁은 이현상이 왜 궁지에 몰릴수록 남부군의 세를 과
시하는 데 골몰했는지 이유를 알 것 같았다. 이현상은 누구
보다도 뛰어난 게릴라전 전략가였다.

빗점골에서 열린 회의에서 이현상의 가장 큰 과오로 지적
된 것이 부대를 정규군 식으로 운영한 것이었다. 이현상이
부대를 소규모로 운영하지 않은 이유가 무엇일까? 이승만
정부는 빨치산을 잡기 위해 사단급 병력을 출동시켰다. 이에
맞서 싸우려면 빨치산들도 대규모로 운영하지 않을 수 없었

다. 게다가 산골 주민들을 이주시켰던 터라 보급 투쟁을 하려면 군경이 주둔하고 있는 읍면까지 가야 했다. 이현상이 부대를 정규군으로 운영한 데는 이런 실질적인 이유도 있겠지만 가시적인 이유도 있을 것이었다. 죽기 직전 그의 적은 남한의 군경이 아니었다. 이승만 정권도 아니었다. 자신의 건재함을 알리고자 했던 대상이 바로 그의 진짜 적이었을지도.

이현상이 죽은 뒤 하나둘씩 빨치산들은 사살되거나 체포되었다. 6.25전쟁은 휴전협정이 체결됨으로써, 빨치산 토벌은 이현상이 사살됨으로써 끝이 났다. 하지만 본격적인 싸움은 비로소 시작이었다. 분단된 조국의 남북 정부 모두 권력 내부의 다툼이 본격화되었다.

차일혁은 하 여인을 물끄러미 쳐다봤다. 오 상사의 주장에 따르면, 이현상은 죽기 직전 "협상할 일이 있으니 장교를 불러 달라."고 했다. 이현상은 귀순하는 것을 대가로 목숨을 구걸할 사람이 아니었다. 게다가 이현상의 처자식들은 북한에 가 있는 상황이었다. 하 여인과 하 여인의 배 속에 있는 아이를 살리고 싶은 마음을 간절했을 것이나, 그렇다고 해서 북한에 있는 처자식의 목숨을 담보로 도박을 할 수도 없는 노릇이었다.

차일혁이 확인할 수 있는 것이라고는 이현상과 하 여인 둘다 정인이 살아서 산을 벗어나길 바랐다는 사실뿐이었다.

"그만 일어서려고 합니다. 건강하십시오."

차일혁이 인사말을 건넸음에도 하 여인은 모처럼 만에 갖는 면담이 끝나는 게 아쉬운지 일어서려고 하지 않았다.

"바깥은 봄이 왔나요? 이 안은 가을에도 봄에도 겨울처럼 춥거든요."

"오늘 오면서 보니까 황톳길에 아지랑이가 어지러이 떠 있더군요. 이제 곧 산야의 풀꽃들이 피고, 나무들은 신록의 옷을 입겠지요."

"제가 선생님을 떠나올 때가 여름이었죠. 선생님의 옷소매를 붙잡는데 얼마나 손이 떨리던지. 그것으로 끝이었죠. 어떻게든 살아 있으라. 그게 선생님의 마지막 말씀이었죠. 뒤돌아보면 눈물이 나서 앞만 보면서 걸었는데, 허방을 짚는 것 같아서 자꾸만 쓰러지곤 했어요. 어떻게 그 산을 내려왔는지도 모르겠어요."

하 여인의 눈은 다시 젖었다. 이래서는 안 되겠다 싶었는지 하 여인은 죄수복 소매로 두 눈을 닦았다. 하 여인은 애써 웃음을 지으면서 자리에서 일어섰다. 그때였다. 차일혁은 하 여인의 두 눈에 어린 불꽃의 정체가 무엇인지 어렴풋이 알 것 같았다.

누군가를 간절히 사랑했다면, 온몸이 벌겋게 달아올라서 두 손은 넝쿨이 되고 두 발은 덩굴이 되어 애오라지 그 사람을 끌어안고자 했다면, 그리하여 마음속 깊숙이 생명의 뿌리를 튼실하게 내렸다면, 그 사랑은 끝이 나도 정녕 끝이 난 것이 아니리라.

이현상과 하 여인, 두 사람의 보금자리에는 이불도 베개도 없었을 것이다. 이불이 없으니 이불에 수놓은 풀꽃과 나비 한 쌍도, 베개가 없으니 베갯모에 수놓은 붉은 실의 백년가약百年佳約이라는 글귀도 없었을 것이다. 그저, 뜨거운 포옹만으로 서로의 추위를 녹여야 하는 기나긴 밤만 기다렸을 것이다. 그럼에도 불구하고 호젓한 밤 산중에서 두 사람이 함께 올려다봤던 별빛들은 마음에 물길을 내고 성하星河로 흘러갔을 것이니.

차일혁은 하 여인이 접견실 밖으로 빠져나가는 것을 본 뒤 천천히 발길을 돌렸다. 차일혁은 끝내 출옥 후 무엇을 할 것인지 묻지 않았다. 진주로 가서 오지 않을 사람을 기다릴 것을 알기에.

하나이자 여럿이고 여럿이자 하나

— 2021년 설날의 꿈

토벌대 대원들이 붙잡은 빨치산 유격대 포로들을 국민학교 운동장을 가로질러 한 교실에 몰아넣었다. 복도에는 피비린내와 똥 지린내가 진동을 했다. 다른 교실에서는 여자가 능욕을 당하고 있는지 여자의 비명과 토벌대의 키득대는 소리가 귀청을 때렸다.

　붙잡힌 포로들 중에는 승복을 입은 사내도 있었다. 유심히 살펴보니 그 사내는 원경 스님 자신이었다. 원경 스님이 소리를 지르려고 했으나, "너희가 뿌린 것은 피의 씨앗이니 거둘 것도 피의 과실뿐."이라는 말은 혀끝을 맴돌 뿐이었다.

　군복을 입은 사내가 철봉을 휘둘러 원경 스님의 머리를 가격했다. 혼절했다가 정신을 차리고 보니 원경 스님은 교실 바닥에 벌거벗긴 채 누워 있었다. 사내가 철봉으로 사타구니를 쿡쿡, 찌르면서 말했다.

"시끄럽지 않게 염불이나 해라. 천도인지 뭔지 네 갈 길은 네가 닦아야 할 거 아니네."

말끝에 사내의 눈빛이 혼불처럼 번쩍였고, 입꼬리가 위로 올라갔다. 천진하게 웃는 사람이 어떻게 저렇게 야비한 표정을 지을 수 있는지 섬뜩하기까지 했다.

정신을 차렸을 때는 개울이었다. 냇물이 흐르는 소리가 들렸다. 끌려온 사람들의 시신들이 개울 안쪽에 널브러져 있었다. 토벌대들은 시신을 불에 태우고 있었다. 저 맑은 개울이 이승과 저승을 가로지르는 물줄기가 될 줄이야. 여름날이면 낮에는 데일 듯 뜨거운 자갈을 적시고, 밤에는 아프게 반짝이는 별자리가 내려와 쉬어 가는 개울 위로 '생본무생生本無生 멸본무멸滅本無滅 생멸본허生滅本虛 실상상주實相常住'라는 경구가 쓰였다가 지워졌다. 햇빛에 물비늘만 번쩍였다.

장면이 바뀌었다.

승복을 입은 사내가 무릎을 꿇고 앉아 있고, 토벌대장인 듯 군복을 입은 사내가 그 뒤에 서서 장검으로 들고 있다.

바람을 가른 칼날이 승복을 입은 사내의 목을 잘랐다. 승복을 입은 사내의 몸이 앞으로 고꾸라졌다. 몸에서 떨어진 모가지가 바닥에 뒹굴었다. 잘린 목에서는 핏줄기가 분수처럼 솟구쳤다.

승복을 입은 사내의 얼굴을 유심히 보니 원경 스님 자신이었다. 신기하고도 끔찍한 일이었다. 목이 잘린 자신의 몸을 지켜보는 것은. 자신이 아닌 타인의 몸뚱이인 것만 같았다.

토벌대장이 핏방울이 듣는 칼을 허공에 한 차례 휘저었고, 다른 손으로 땅바닥에 떨어진 원경 스님의 머리를 잡으려다가 머리카락이 없는 것을 뒤늦게 깨닫고 욕설을 퍼부었다.

"새끼래 뒈져서까지 속을 썩이는군."

토벌대장이 칼을 바닥에 던진 뒤 양손으로 원경 스님의 머리를 들면서 부하에게 소리쳤다.

"뭐하네. 날래 머리 끄슬리게 횃불을 준비하지 않구."

검은 그림자들이 재게 움직였다. 두 눈을 껌벅이고 체머리를 흔들던 토벌대장의 얼굴이 갑자기 핏기 없이 하얗게 바뀌었다. 마치 곡두에 홀린 낯빛이었다. 이명耳鳴이 있었던 것일까? 군복을 입은 사내가 뒷걸음을 치다가 원경 스님의 머리를 떨어뜨리고 말았다.

내 몸이 저기 있다.

팔을 뻗으면 잡힐 데 있지만,

지금 내게는 손이 없다.

한 걸음이면 닿을 데 있지만,

지금 내게는 발이 없다.

이제 더는 내 것이랄 수도 없는

내 몸이 저기 있다.

잘린 모가지의 입술이 오물거렸다.

환영일까? 어릴 적 빨치산 부대를 따라다니다가 본 광경이 펼쳐졌다.

토벌대 대원들이 한 빨치산 부대원의 집에 들이닥친다. 토벌대의 군홧발 소리가 안마당을 거쳐 마루 앞에서 멎는다. 토벌대장이 거침없이 문짝을 발로 걸어찬다. 기쁨도 슬픔도 함께 나누며 백년해로하자는 굳은 언약인듯 가로세로의 격자문이 부서진다. 젖가슴을 드러낸 여자가 머리카락이 붙잡힌 채 질질 끌려 나온다. 여자는 갓난애에게 젖을 물리다 말고 봉변을 당한 모양이다. 끌려가는 중에도 여자는 갓난애를 두 팔로 껴안고, 갓난애는 어미의 젖을 물고 있다. 토벌대장이 "네 빨갱이 서방 어디 있네?"라고 묻고, 여자는 아이를 가슴에 안은 채 널브러져서 말이 없다.

토벌대장은 철봉을 높이 들더니, 여자의 머리를 가격한다. 그렇게 두어 번 철봉이 허공을 가로지르고 여자의 두 다리가 축 늘어진다. 겨자씨처럼 새까만 두 눈을 가진 갓난애는 어미에게서 떨어지자 악을 쓰며 울어 댄다. 토벌대 대원이 아이를 군홧발로 걷어찼다. 아이는 공처럼 허공에 떠올랐다가 바닥에 떨어진 뒤에야 울음을 그친다.

갓난애가 젖무덤을 파고들던 밤마다 바람에 문풍지가 흔들렸을 것이다. 여자는 해 질 녘마다 저녁밥을 짓다가 말고 산이 있는 쪽을 올려다봤을 것이다.

토벌대장은 철봉을 묻은 피를 여자의 치마에 쓰윽, 문질러 닦는다. 여자는 머리채 끌려가면서 무슨 생각을 했을까? 햇빛 닿는 창호지마다 피어나던 꽃술이며, 추적추적 가을비에 젖어 들던 꿈길이며, 아랫목에 남편과 나란히 누워 들던 아이의 옹알이며 여자는 달콤해서 더 슬픈 기억들을 잊어야 했으리라.

갑자기 사위가 고요해지더니 멀리서 한 사내가 걸어왔다. 낯이 익다 싶어서 보니 이현상이었다.

"아저씨."

아는 체를 하려는데 이현상의 얼굴에는 눈도, 귀도, 코도, 입도 없었다. 텅 빈 허공이었다. 그 허공에서 말소리가 들렸다.

"병삼아, 너는 이제 나보다 더 늙었구나."

얼굴 없는 이현상이 다시 입을 뗐다.

"어떻게 살았느냐? 이 지옥도에서."

"왜 아저씨는 얼굴이 없어요? 물고기에 두 눈이 다 파먹힌 수장된 시체의 얼굴 같아요."

"물길을 헤치고 와서 그렇다."

"아저씨는 이미 죽은 사람이에요."

"그래, 나는 죽은 사람이다. 살아서도 이미 죽은 사람이었다. 그런 까닭에 나는 부활할 수 있었다. 살아서 죽음을 경험한 자는 죽어서 다시 부활할 수 있다. 진창에 낯바닥을 묻고 우는 피붙이들의 가슴에서 영생永生할 수 있다. 그들은 자신이 두 손으로 한 일을 숨기기 위해서 죽인 사람들의 시신을 갈가리 찢고 그것도 모자라 불에 태웠을 것이나, 피붙이들의 명치쯤에 박혀서는 빠지지 않을 유리 조각 같은 기억이 남아 있다. 그 기억을 좇아서 피붙이들은 시커먼 늪의 바닥을 뒤져 손가락, 발가락까지 모두 꿰맞춰 놓았다. 그들이

한 일은 무엇으로도 덮을 수 없다. 그 어떤 국기의 문장으로
도 가릴 수 없다."

"고작 그런 말을 하려고 저를 보려고 왔나요?"

"아니다. 네가 갖고 있는 내 염주를 찾으려고 왔다."

"이 염주는 아저씨 것이 아니에요. 제 것도 아니고요."

"그렇다면 누구의 것이냐?"

"스푸트니크."

"동무들의 것이라고."

"그래요. 인생이라는 여행의 동반자들의 것이에요."

"아저씨, 저는 한산 스님이 시키는 대로 철저히 제 신분을
숨기고 살았어요."

"그래서?"

"이 절 저 절 옮겨 다니며 이 이름 저 이름으로 불리며 살
다 보니 깨달았어요."

"무엇을?"

"그 어느 편에도 서지 않는 것이 가장 옳은 편이고, 그 어
떠한 행동도 하지 않는 것이 가장 옳은 행동이고, 아무런 생
각도 하지 않는 게 가장 옳은 생각이라는 것을요."

"그게 무슨 말장난 같은 말이니."

"이제 저는 병삼이가 아니고 아저씨는 이현상이 아니에

요.”

“나는 내가 아니고 너는 네가 아니면?”

“여러 개의 염주 알 중 한 알일 뿐이에요. 낱낱의 염주 알이 모여서 이 염주가 되었지요. 그러니까 이 염주는 여럿이자 하나이고 하나이자 여럿이에요. 그러니 아저씨는 이만 돌아가세요.”

“돌아가? 어디로?”

“이제 이 나라에는 토벌대도 빨치산도 없고, 남로당도 북로당도 없어요. 미래에는 이 나라도 없을 거예요. 그 미래의 세계로 가세요. 저도 머지않아서 그곳으로 따라갈 테니까요.”

말이 끝나자마자 얼굴 없는 이현상은 종적도 없이 사라졌다. 때마침 까마귀 떼가 몰려드는 소리가 들렸다. 큼지막한 두 날개를 펼치며 까마귀 떼가 허공을 맴돌았다.

잠에서 깨어난 원경 스님은 머리맡에 둔 염주를 집어 든 뒤 손가락으로 염주를 돌렸다. 그리고 ‘불생불멸不生不滅 불구부정不垢不淨 부증불감不增不減 시고공중무색是故空中無色’이라는 『반야심경』의 한 구절을 읊조렸다.

화엄華嚴의 역사, 화쟁和諍의 정치
— 유응오의 장편소설『염주』를 읽고

김용락 시인(전 한국국제문화교류진흥원장)

1.

유응오 작가의 장편소설『염주』는 복합적인 의미에서 역사
소설이자 정치소설이며 불교소설이다. 웅혼한 주제 의식에
단연 눈길을 끄는 근래 보기 어려운 소설이다. 1980년대 한
국문학에 큰 영향을 끼친 헝가리 출신 비평가 게오르그 루카
치는『역사소설론』에서 역사적 방향성과 새로운 세계에 대
한 전망 그리고 민주주의와 휴머니즘에 대한 강한 열망을 드
러내는 게 역사소설이라는 의미로 말한 바 있다. 역사소설은
피상적인 역사적 사실이나 야사나 고담의 무료한 진열, 혹은
평면적 인명사전의 나열이 아니라 역사 현장의 시ㆍ공간과

사회 정치적 관계를 면밀하게 파악하여 사회 변혁의 기치와 새로운 세계에 대한 열망을 드러내야 한다고 주장하고 있는 것이다.

이런 의미에서 『염주』는 진정한 의미의 역사소설에 값한다. 일제강점기, 해방, 분단으로 이어지는 역사의 시공간에서 조선공산당과 남로당에서 활동한 박헌영, 이현상, 김삼룡, 이주하 등 공산주의자들과 주세죽, 원경 스님, 비비안나 박 등 박헌영의 가족들과 빨치산 토벌대장 차일혁과 그 주변 인물들이 생생하게 형상화되면서 역사적 구체성을 얻고 있는 것이다.

그런가 하면, 원경 스님과 한산 스님 등 승려들이 등장하고, 평택 만기사, 해원탑 등 사찰 공간에서 사건이 전개되고, 『신묘장구대다라니』, 『반야심경』 등 불교 경전이 화소 話素로 활용되어 서사를 이끌어 간다는 점에서 이 소설은 불교소설의 범주에 속한다고 할 수 있다. 특히, 이 소설이 지향하는 이상 세계는 미륵 세상, 화엄 세상, 평등 세상이라는 점에서 이색적이다. 뒤에 자세히 밝히겠지만 우리 소설계에 1980년대 후반에 집중적으로 쏟아져 나온 '빨치산 소설'과 달리 불교에 대한 해박한 이해와 소설에 등장하는 인물들의 행동이나 사상이 불교적 범주 안에 있다는 점에서 이 소설은 뛰어난 불교소설이라고 평가할 수 있다.

　독일 작가 토마스 만은 "오늘날 모든 사람의 운명은 정치적으로 규정된다."고 했다. 굳이 토마스 만의 말을 빌리지 않더라도 인간 공동체 생활의 최종 심급은 정치라는 게 많은 사람들이 동의하는 명제이다. 인간이 공동체를 이루면서 여러 가지 갈등과 이해 충돌이 생기기 마련이다. 작게는 몇 푼의 금전적 이익에서부터 크게는 좌우익이라는 이데올로기의 갈등이 상존하는 게 인간의 삶이다. 문학은 자신이 의도하든 의도하지 않든 정치적이 된다. 그러면서 어느 한편의 이익에 숙명적으로 복무하게 된다. 이 소설에서 중심축을 이루고 있는 박헌영, 이현상, 차일혁, 주세죽, 원경 스님 등 인물은 역사에 실재하는 인물이다. 이들은 단순히 어떤 특정 시기에 존재하는 역사의 피상적인 인명사전적 인물이 아니라 이 땅에 새로운 유토피아를 건설하기 위해 존재를 바쳤던 인물이다. 이들이 추구했던 이상 세계는 좁게는 반외세와 분단 극복일 수 있으나, 본질적으로는 모든 백성이 행복한 민주적이고 평등한 세상일 것이다. 이 역시 정치소설이 추구하는 최종 귀결점이라고 할 때 『염주』는 또한 정치소설일 수밖에 없는 것이다.

　내가 과문해서인지는 모르겠지만 현재 한국 소설계에서

유통되고 잘 팔리는 소설은 공동체의 역사적 전망을 상실한, 주로 개인의 내면 코드나 일상이라는 미세 담론 소설인 것으로 보인다. 1인당 개인 소득이 4만 불을 넘어섰으며 국제기구로부터 선진국이라는 공식 인증을 획득하고 4차 지식 정보 사회로 접어든 현재 우리 현실을 생각해 보면 공동체보다 개인이 우선이라는 우리 소설의 큰 흐름은 전혀 어색한 일은 아니다. 이미 일본에서도 사소설이라는 이름으로 유행했던 사조이다. 그렇다고 우리 소설이 과거 일본의 사소설과 같은 양상인지에 대해 논의하기에는 이 자리가 적절한 자리는 아니라고 본다.

흔히 소설에서 바깥으로 드러나는 외부 세계는 작가 자신의 내면 의식이 반영된 결과물이라는 사실은 상식에 속한다. 그런데 작가 유응오가 이런 역사적 실재 인물들과 역사적 사건을 가지고 소설을 썼다는 것은 이 소재가 유 작가의 내면을 사로잡았을 뿐 아니라 이 소설을 통해서 독자들에게 보내고자 한 메시지가 있었을 것이 분명하다.

나는 그 이유가 매우 궁금했고 흥미로웠다. 근래 한국 소설계에서 보기 드문 이 복잡다단하고 진중한 이 소설을 읽게 된 것도 어떻게 보면 나에게는 행운이다. 유응오는 충남 부여에서 태어나 대전에서 대학을 다니고 소설가가 되었다.

나는 경북 의성에서 태어나 대구에서 대학을 다니고 시인이 되었다. 나는 58년생 개띠인데 유 작가는 72년생 쥐띠이다. 공통점이 별로 없는 이 두 사람이 말 그대로 불가佛家에서 이르는 '시절인연'으로 만나 내가 이 글을 쓰게 되었다. '현대불교문인협회'라는 단체에서 『불교와문학』이라는 계간 기관지를 발행하는데 유 작가가 내 후임으로 들어왔다. 나는 『불교와문학』으로 개명되기 이전에 4호로 단명한 『마하야나』라는 제호의 기관지의 주간을 역임했고, 유 작가는 『불교와문학』 주간을 맡아서 수고하였다. 이렇게 불가의 테두리 안에서 만난 후 우리는 근래 문학 바깥의 대사회적 업무를 함께한 적이 있는데, 나는 유 작가가 문학뿐 아니라 실제 사회적인 활동에서도 매우 유능한 인물이라는 것을 깨달았다.

그는 문학적 교양뿐 아니라 불교에 대해서도 아주 해박하다. 불교에 대한 그의 깊은 교양은 이 소설 전반에 걸쳐 유감없이 발휘되어 이 소설의 내용에 깊이를 더해 주고 있다. 그는 불교계 언론사 기자 및 편집장을 지냈고 대한불교조계종 제8교구 본사 직지사의 종무실장도 역임했다. 실례되는 말이지만 나이에 비해 문학과 불교 양쪽 다 풍부한 교양과 사회 활동의 폭이 매우 큰 말 그대로 문제적 인물이다.

2.

소설 『염주』의 큰 두 축은 식민지와 해방 전후 조선공산당의 지도자로 활동했던 박헌영과 그의 아들 원경 스님, 빨치산 대장 이현상과 차일혁이라는 빨치산을 토벌한 경찰 간부의 행적으로 이루어져 있다.

박헌영이란 이름은 우리 분단사의 상처와 질곡을 그대로 대변하고 있다. 해방 공간에서 조선공산당 지도자로서 부르주아 민주주의론, 8월 테제 등과 같은 슬로건을 내세우며 해방된 신생 조국의 건설에 매진하다가 정적인 김일성의 손에 제거된 비운의 혁명가이다. 남로당, 10월 항쟁, 빨치산, 여순병란, 제주 4.3 등 현대사의 문제적 사건에 박헌영이라는 이름이 직·간접적으로 연결돼 있다는 것은 주지의 사실이다.

북쪽에서 박헌영이 미제의 스파이라는 죄명으로 처형된 후 그의 피붙이 혈육들이 겪었을 고초는 상상을 뛰어넘는 것이다. 그 피붙이 이복 남매인 아들 원경 스님과 딸인 비비안나의 행적이 이 소설의 씨줄을 형성하고 있다면 나머지 날줄은 해방 공간의 항일 공산주의자들과 빨치산 대장인 이현상과 토벌대장 차일혁의 행적들이 담당하고 있다.

이현상이라는 이름 하나에도 간단치 않은 민족의 상처가

응축돼 있다. 지리산, 덕유산, 태백산맥, 대구 인근의 팔공산 등에서 활동하다 모진 추위와 굶주림 속에서 토벌대의 총에 맞아 죽지 않으면 굶어 죽고 얼어 죽었던 숱한 빨치산들의 처절한 삶과 부자지간과 형제지간에 빨치산과 토벌군으로 나뉘어 서로의 가슴에 총부리를 들이댔던 분단 민족의 비극이 서려 있다.

이 소설 뒷부분에 실린 '저자의 말'을 읽어 보면 유 작가는 생전의 원경 스님과 교분이 깊고, 또 『이정 박헌영 전집』도 독파할 정도로 박헌영에 대한 깊은 관심을 갖고 있는 것처럼 보인다. 어떻게 보면 이 소설은 혁명가 박헌영에 대한 '오마주 소설'이라고도 볼 수 있다.

조금 다른 이야기지만 나도 원경 스님(1941~2021)을 생전에 몇 차례 뵌 적이 있다. 80년대 말인지 90년대 초인지는 정확하지 않은데 당시 원경 스님이 여주 신륵사 주지로 있을 때였다. 그해 여름 민족문학작가회의(현 한국작가회의 전신) 여름 수련회가 1박 2일로 신륵사에서 열렸다. 나도 그 연수회에 참가했다. 당시 들은 이야기로는 박헌영의 아들인 원경 스님이 이런저런 방식으로 민주화 운동을 하는 문화 예술인들을 많이 도와준다고 했다. 그 말을 듣고서야 나는 민족문학작가회의 연수회가 신륵사에서 열리는 이유를 어림짐

작할 수 있었다.

사실 그때까지만 해도 박헌영이라는 이름을 함부로 입에 올리기 어렵던 시절이라 나도 박헌영의 아들이 남한에서 스님으로 살고 있다는 사실을 처음 알았다. 80년대니까 민주화 운동에 관심이 있던 당시 내 또래 많은 젊은이들이 변혁 운동과 좌파 관련 책을 읽고 있을 때였는데 책 좋아하고 호기심 많던 내가 그냥 지나쳤을 리 없었다. 국내에 출간된 러시아 혁명사, 중국 혁명사, 조선공산당사 등 역사 서적과 맑스, 레닌, 트로츠키, 모택동 등 공산주의 인물 서적들을 닥치는 대로 읽을 때였다. 나는 박헌영의 아들이 주지로 있는 사찰에서 연수회를 한다고 해서 대구에서 서울로, 다시 서울에서 경기도 여주 남한 강변 신륵사로 가는 불편한 교통편에도 불구하고 기꺼이 참여했다. 지금도 그때 행사 사진이 남아 있는데 강바람에 꺼지지 말라고 촛불을 일회용 컵에 끼워 들고 모래사장에 빙 둘러 앉아 갑론을박하던 모습이 생생하다.

행사 사진을 보면 내 옆에는 회의 고문이던 아동문학가 이오덕 선생이 앉아 계신다. 아마도 지방에서 올라간 나는 대회 참석자들이 대부분 그다지 친숙하지 않았던 터라 그나마 같은 경북 출신으로서 안동의 권정생 선생 집에서 몇 차례 뵙고 이야기를 나누었던 이오덕 선생이 편하게 느껴졌던 모양이다.

신륵사에서 뵌 원경 스님의 인상은 스님으로서는 체구가 몹시 크고 얼굴에 살이 쪄서 후덕한 느낌이었다. 당시까지만 해도 내가 생각하는 고승의 인상은 두 눈동자가 깊이 들어가고 뼈마디가 앙상한 설산수도상雪山修道相의 모습이었다. 또 하나 기억에 남는 것은 얼마 전 작고한 『만다라』의 김성동 소설가가 큰 교통사고를 당한 후인지, 개인적으로 이혼을 한 직후인지는 몰라도 며칠 밤을 새워 술을 마셨다면서 만취한 모습으로 우리를 모래사장에 붙들어 놓고 새벽까지 횡설수설하였던 것이다. 이후 알게 된 사실이지만, 김성동 소설가와 원경 스님은 선대先代의 인연으로 말미암아 매우 가깝게 지냈다고 한다.

이후 이런저런 자리에서 먼발치에서 원경 스님을 몇 차례 뵌 적은 있었지만 개인적인 이야기를 나누지는 못했다. 그러나 원경 스님이 이복 누나를 만나러 모스크바에 간다거나, 아버지 박헌영의 전집을 냈다거나 하는 등의 이야기는 이런저런 인편을 통해 풍문으로 들었고 지난해 말(2021. 12.) 입적했다는 소식도 언론을 통해 알았다. 최근에는 손호철 교수가 《프레시안》이라는 언론에 연재한 원경 스님에 관한 이야기를 재미있게 읽은 바도 있다.

3.

본격적으로 유응오의 작품을 살펴보자.

『염주』의 줄거리는 다음과 같다. 크게 여섯 개의 장으로 구성돼 있다. 첫째 장은 '허공을 걷는 사람들-1955년 설날의 꿈' 둘째는 '알파와 오메가의 시간-1955년 1월경 충주경찰서' 셋째는 '오동향로에 피어오르는 연기-1955년 2월 전주 원각사' 넷째는 '해원탑 앞에서 만난 마스크-2020년 10월경 평택 만기사' 다섯째는 '두 손은 넝쿨이 되고 두 발은 덩굴이 되어-1955년 4월경 안동교도소' 여섯째는 '하나이자 여럿이고 여럿이자 하나-2021년 설날의 꿈'으로 이루어져 있다.

시간적 배경은 1955년 초부터 2021년 초까지이다. 공간적 배경은 충주경찰서, 전주 원각사, 평택 만기사, 안동교도소 등이다. 사찰과 경찰서와 교도소가 주 공간이다. 그러나 소설에 좀 더 깊이 들어가 보면 서울과 모스크바를 비롯한 식민지 조선과 지리산 등 한국전쟁 전후의 공간이다. 이 시공간 속에서 소설은 크게 두 단락으로 나뉘어 줄거리를 이끌어 간다. 하나는 토벌대장 차일혁이 빨치산 대장 이현상의 장례를 치러 주면서 자신의 염주와 이현상의 염주를 맞바꾸는 것이고, 다른 하나는 우여곡절 끝에 원경 스님이 이현상의 염주를 받게 되는 것이다. 교차 시점으로 전개되는 이 작품은 1955년 설날 아침 차일혁이 꾼 꿈 '허공을 걷는 사람들'로 시작해서 2021년 설날 아침 원경 스님이 꾼 꿈 '하나이자 여럿이고 여럿이자 하나'로 끝을 맺는다.

'소비에트연방공화국에서 부르는 진혼곡'은 원경 스님이 1991년 10월경 모스크바에 가서 이복 누나인 비비안나 박을 만나 살아온 이야기를 듣고 박헌영의 첫 부인인 주세죽의 묘소에 들러 천도재를 지내고 박헌영과 인연이 있는 북한 외무성 차관을 지낸 박길룡과 해방 당시 소련 영사관에서 근무한 샤브시나 여사를 만나 박헌영에 대한 후일담을 듣는 내용이다.

'알파(A)와 오메가(Ω)의 시간'은 1955년 1월경 차일혁이 부하 직원인 유도수, 양회근과 함께 술집에서 술을 마시면서 남부군 부사령관인 이영회와의 악연을 회고하는 내용이며, '매향암각을 새긴 사람들'은 1991년 12월경 원경 스님이 방한한 비비안나 부부와 함께 박헌영의 고향 마을을 찾는 내용이다. 그 과정에서 박헌영의 가계사와 원경 스님이 한산 스님을 따라서 임존성에 갔다가 아버지의 첫 제사를 지낸 이야기가 전개된다.

'오동향로烏銅香爐에 피어오르는 연기'는 1955년 2월경 차일혁이 전주 원각사에서 《전북일보》 김만석 기자를 만나 전투 중 산화한 부하들에 대한 천도재를 올리고 술집에 가서 이현상에 대해 회고하는 내용이다. '해원탑 앞에서 만난 마스크'는 2020년 10월경 원경 스님이 평택 만기사에서 어머니의 기제사를 지낸 뒤 자신의 인생을 돌아보고 이현상과 보낸 나날을 떠올리는 내용이며, '두 손은 넝쿨이 되고, 두 발은 덩굴이 되어'는 1955년 4월경 차일혁이 안동교도소에 수감 중인 이현상의 산중처인 하 여인에게 면회를 가서 만나는 내용이다.

이런 큰 줄거리로 전개되는 이 소설은 세부적으로는 박헌영의 고향인 충남 예산의 고향 친지들, 원경 스님의 생모인 정순년, 경성콤그룹을 중심으로 한 조선공산당 운동사, 지리산에서 펼쳐지는 빨치산과 토벌군의 전투와 죽음, 원경 스님과 이현상의 만남 등 디테일이 더해져 흥미와 함께 박진감을 주고 있다.

그런데 이런 소설의 내용은 최종적으로 평등한 새로운 나라를 건설하기 위해 목숨을 걸고 싸웠던 혁명가들의 삶과 죽음, 그리고 의식했든 못 했든 그들 배후에 있는 불교의 정토사상이 이 소설의 중심축인 것은 분명하다.

많은 사람들이 알고 있듯이 1987년 민주화 직후 우리 소설계에도 소위 빨치산 소설이 많이 발표되었다. 이병주의 『지리산』(1978년에 1, 2권이 나온 후 1985년에 전 7권으로 완간했다), 빨치산 출신 작가인 이태 『남부군』(1988), 역시 빨치산 출신인 시인 김영의 『깃발 없이 가자』(1988), 조정래 『태백산맥』(1989), 정지아 『빨치산의 딸』(1990), 안재성 『이현상 평전』(2007), 경북 의성 출신 빨치산의 아내가 직접 쓴 『이 여자 이숙의』(2007), 안재성 『박헌영 평전』(2010)이 연이어 나오면서 실제 빨치산의 삶의 전모가 일부 밝혀지고 역사적, 문학적 평가를 받기도 했다.

그런데 그 시기로부터 한참 뒤인 지금 이 시점에서 유응오가 이 소설을 쓴 이유는 무엇일까? 작가에게 자신이 파악한 외부 세계는 내면에 반영된 외부 세계에 불과하다는 주장이 맞다면, 유응오는 지금 이 시점에 이런 선 굵은 역사소설, 정치소설이 필요하다고 판단했을 수 있다. 이것은 달리 말하면 현재 한국 소설의 큰 흐름이 지나치게 개인에 매몰되고 일상이 파편화되는 현실에 대한 성찰일 수 있다. 문학이란 본질적으로 대상에 대한 인간의 인식이나 감정에 변화를 일으켜 당대 사회가 필요한 의제를 생산하게 만드는 게 중요한 목표이다. 이런 과정 속에서 사회를 계몽하고 인간의 해방

의지를 폭발적으로 고양하는 게 문학의 중요한 기능이기 때문이다.

진정한 작가는 이전 세대의 문학을 잘 받아들여 그것의 단점은 버리고 장점을 취하여 써야 한다. 이런 주장은 이전 시기의 빨치산 문학이나 정치소설이 지나치게 고발적이거나 정파 투쟁적 관점에 빠져서 메마른 몸피를 보였다면,『염주』는 이런 한계를 극복하여 정파적인 관점과 역사적 시공간을 뛰어넘는 인간의 존재에 대한 본질적인 고민을 불교라는 소재를 추가하여 소설의 디테일을 더 생동감 있고 풍부하게 만들었다고 할 수 있다.

다음 구절을 보자.

"미륵은 기독교의 메시아와 같은 존재예요. 미륵은 현재 도솔천에서 수행하고 있는 보살이며, 석가모니 부처님에 이어서 다음 세상의 부처가 되기로 정해져 장래에 마땅히 오실 부처입니다. 미륵보살은 자비심이 많은 까닭에 자씨보살慈氏菩薩이라고도 해요. 미륵 신앙은 미륵 상생 신앙과 미륵 하생 신앙으로 나뉘어요. 미륵 상생 신앙은 불교의 가르침을 따르고 자비를 실천하면서 수행을 하면서 죽어서 미륵보살이 계신 도솔천에 태어난다는 거예요. 도솔천에서 복락을 누리며 살다가 미래에 미륵이 성불할 때 함께 깨달음을 성취한다는 거죠. 그런가 하면, 미륵 하생 신앙은 미륵보살이 말세에 이르러 도솔천에서 사바세계로 내려와 용화수 아래에서 성불한 뒤 세 번의 설법을 통해 중생을 구원할 때 함께할 수 있기를 바라는 겁니다. 기독교 사상에 입각해 보면, 미륵 상생 신앙은 천국 신앙에, 미륵 하생 신앙은 구세주 신앙과 유사하죠. 특이한 건 미륵 신앙은 개인적인 구원뿐만 아니라 사회적인 구원, 그러니까, 만민이 자유롭고 평등한 세상을 바라는 신앙까지 아우른다는 겁니다. 상대적으로 보면, 미륵 상생 신앙은 개인적인 구원에, 미륵 하생 신앙은 공정하고 정의로운 사회의 구현에 방점이 찍혀 있다고 볼 수 있죠."-1)

"나나 그나 시침 뚝 뗐지만 서로 같은 부류의 사람이라는 걸 직감했지. 하지만 마르크스니, 레닌이니 하는 말은 서로 일절 하지 않았지. 만나는 곳이 절간이어서 그랬는지 불교에 대한 얘길 많이 나눴어. 그는 석가모니 재세 당시 승가 공동체가 탁발해서 똑같이 나눠 먹는 것이나, 석가모니가 사성계급 제도를 부정한 것을 높이 평가했지. 직접적으로 말은 안 했지만, 승가 공동체가 원시 공동사회와 동일하고, 사성계급 제도를 부정한 것이 프롤레타리아 혁명과 유사하다고 여겼던 모양이야."

김만석이 말을 이었다.

"이현상은 '불성에는 남북의 구분이 없다'는 혜능 대사의 말을 인용하면서 문맹인 혜능 대사가 식자인 신수 대사를 제치고 홍인 대사에게 인가를 받는 건 극적인 요소가 있다고 했지. '중생이 부처다.衆生是佛'라는 혜능 대사의 말을 자주 인용하곤 했지."-2)

갑자기 사위가 고요해지더니 멀리서 한 사내가 걸어왔다. 낯이 익다 싶어서 보니 이현상이었다.

"아저씨."

아는 체를 하려는데 이현상의 얼굴에는 눈도, 귀도, 코도, 입도 없었다. 텅 빈 허공이었다. 그 허공에서 말소리가 들렸다.

"병삼아, 너는 이제 나보다 더 늙었구나."

얼굴 없는 이현상이 다시 입을 뗐다.

"어떻게 살았느냐? 이 지옥도에서."

"왜 아저씨는 얼굴이 없어요? 물고기에 두 눈이 다 파 먹힌 수장된 시체의 얼굴 같아요."

"물길을 헤치고 와서 그렇다."

"아저씨는 이미 죽은 사람이에요."

"그래, 나는 죽은 사람이다. 살아서도 이미 죽은 사람이었다. 그

런 까닭에 나는 부활할 수 있었다. 살아서 죽음을 경험한 자는 죽
어서 다시 부활할 수 있다. 진창에 낯바닥을 묻고 우는 피붙이들
의 가슴에서 영생永生할 수 있다. 그들은 자신이 두 손으로 한 일
을 숨기기 위해서 죽인 사람들의 시신을 갈가리 찢고 그것도 모자
라 불에 태웠을 것이나, 피붙이들의 명치쯤에 박혀서는 빠지지 않
을 유리 조각 같은 기억이 남아 있다. 그 기억을 좇아서 피붙이들
은 시커먼 늪의 바닥을 뒤져 손가락, 발가락까지 모두 꿰맞춰 놓았
다. 그들이 한 일은 무엇으로도 덮을 수 없을 수 없다. 그 어떤 국
기의 문장으로도 가릴 수 없다."

"고작 그런 말을 하려고 저를 보려고 왔나요?"

"아니다. 네가 갖고 있는 내 염주를 찾으려고 왔다."

"이 염주는 아저씨 것이 아니에요. 제 것도 아니고요."

"그렇다면 누구의 것이냐?"

"스푸트니크."

"동무들의 것이라고."

"그래요. 인생이라는 여행의 동반자들의 것이에요."

"아저씨, 저는 한산 스님이 시키는 대로 철저히 제 신분을 숨기
고 살았어요."

"그래서?"

"이 절 저 절 옮겨 다니며 이 이름 저 이름으로 불리며 살다 보니

깨달았어요."

"무엇을?"

"그 어느 편에도 서지 않는 것이 가장 옳은 편이고, 그 어떠한 행동도 하지 않는 것이 가장 옳은 행동이고, 아무런 생각도 하지 않는 게 가장 옳은 생각이라는 것을요."

"그게 무슨 말장난 같은 말이니."

"이제 저는 병삼이가 아니고 아저씨는 이현상이 아니에요."

"나는 내가 아니고 너는 네가 아니면?"

"여러 개의 염주 알 중 한 알일 뿐이에요. 낱낱의 염주 알이 모여서 이 염주가 되었지요. 그러니까 이 염주는 여럿이자 하나이고 하나이자 여럿이에요. 그러니 아저씨는 이만 돌아가세요."

"돌아가? 어디로?"

"이제 이 나라에는 토벌대도 빨치산도 없고, 남로당도 북로당도 없어요. 미래에는 이 나라도 없을 거예요. 그 미래의 세계로 가세요. 저도 머지않아서 그곳으로 따라갈 테니까요."

말이 끝나자마자 얼굴 없는 이현상은 종적도 없이 사라졌다. 때마침 까마귀 떼가 몰려드는 소리가 들렸다. 큼지막한 두 날개를 펼치며 까마귀 떼가 허공을 맴돌았다.-3)

1)은 박헌영의 딸인 비비안나가 한국을 방문해 아버지의

259

고향 충남 예산을 방문했을 때 원경 스님이 통역사를 통해 미륵보살에 대해 설명하는 부분이다. 2)는 젊어서 한때 빨치산 경력이 있는 《전북일보》 김만석 기자가 친구인 차일혁 토벌대장에게 한 암자에서 우연히 만난 이현상과 나눴던 이야기를 전해 주는 부분이다. 3)은 원경 스님이 꿈속에서 이현상과 만나서 나눈 이야기이다. "만민이 자유롭고 평등한 세상을 바라는" "상대적으로 보면, 미륵 상생 신앙은 개인적인 구원에, 미륵 하생 신앙은 공정하고 정의로운 사회의 구현"을 목표로 하고, "공동체가 탁발해서 똑같이 나눠 먹"고 "사성계급 제도를 부정한 것"이야말로 그것이 '원시 공동사회'로 불리든 '프롤레타리아 혁명'으로 불리든 그 명칭과 상관없이 이 소설의 주인공들이 다 같이 원했던 바람이 아니었을까? 그리고 주인공들의 이런 염원은 바로 작가가 이 소설을 통해 독자들에게 전하려고 했던 메시지가 아니었을까?

작가는 이 소설의 마지막을 반야심경의 한 구절인 "불생불멸不生不滅 불구부정不垢不淨 부증불감不增不減 시고공중무색是故空中無色"으로 장식한다. 작가가 독자들에게 궁극적으로 말하고 싶었던 것은 원경 스님(병삼)과 이현상이 나눈 대화에서 유추할 수 있다. "여러 개의 염주 알 중 한 알일 뿐이에요. 낱낱의 염주 알이 모여서 이 염주가 되었지요. 그러니

까 이 염주는 여럿이자 하나이고 하나이자 여럿이에요."라
는 원경 스님의 대사는 불교의 연기緣起와 공空 사상과 일맥
상통한다.

　나는 이 대목이 종교의 저열한 허무주의 사상이 아니라 우
리 인간 공동체와 광대한 우주 공간 속에서 인간 실존의 근
원을 끝까지 파헤치려는 작가의 치열한 고투의 표현이라고
생각한다.

　『염주』에 나오는 많은 인간 군상들의 헌신과 그들의 피와
희생은 현재 한국 소설계가 목도하고 있는 자본주의 일상의
퇴폐적이고 쇄말적인 인간상과 대비된다. 작가가 독자들에
게 말하고 싶었던 것은 결국 공동체의 선善을 지향하고 존
재의 근원을 끝까지 탐구하려는 화쟁과 화엄의 세계가 아닐
까? 현재 한국 소설 일각의 내용 없는 무료함과 따분함의 세
계에서 벗어나 소설과 문학의 본질에 대해 다시 한 번 성찰
하게 해 준 소설『염주』에 깊이 감사한다.

작가의 말

　유재일(전 국회도서관장) 교수의 '한국 정치 인물사' 강의를 들으면서 내가 한국 정치사에서 가장 주목했던 인물은 박헌영이었다.

　유재일 교수는 강의에서 박헌영에 대해 항일운동 전력에 대해 높이 평가하면서도 "오랜 수감 생활로 인해 현실적인 정치 감각이 떨어졌다."는 부정적인 시각도 견지했다. 최근 유재일 교수는 한 논고論告에서 박헌영에 대해 아래와 같이 평가했다.

　"한국 정치사를 다룰 때 가장 흥미로운 영역 중에 하나는 특정

인물에 대한 역사적 평가 부분이라고 할 수 있다. 일반적으로 정치 행위자들은 역할과 비중에 따라 연극 무대의 출연자처럼 주연(Leading actor), 조연(Supporting actor), 보조 출연(Extra), 특별 출연(Special guest) 등으로 나눌 수 있다. 주연은 당연히 국가원수(Head of state)나 정부수반(Head of government)에 해당되는 정치 행위자라고 할 수 있고, 조연은 말 그대로 주연의 최측근 보조자이거나 최대의 정치적 라이벌 내지 반대자라고 할 수 있으며, 보조 출연은 짧은 기간 내 잠깐 출연하는 단역임에도 불구하고 정치적, 사회적 영향을 끼친 정치 행위자라고 할 수 있고, 특별 출연은 특정 국면에서 특별한 역할을 위해 잠시 찬조하거나 개입하는 외세를 대행하는 정치 행위자라고 할 수 있다.

박헌영은 해방 공간에서 미군정에 대항했던 인물로, 남한에서는 한국전쟁의 원흉 중 두 번째 책임자로, 북한에서는 미제의 간첩으로 규정되고 있다. 그에 대한 역사적 평가 역시 미완未完이라고 생각한다. 다만 그의 주요 프로필을 통해 다소나마 객관적으로 이해될 수 있을지 모른다.

-1925년 김재봉(1891~1944), 김약수(1890~1964), 조봉암(1898~1959) 등 19명이 참석한 조선공산당 창립 대회에 당원으로 참석하다.

-1929년 모스크바 소재의 국제레닌학교 영어반에서 3년 간 수학하고 1931년 졸업하다.

-1946년 미군정의 체포령 발령으로 월북한 직후 남조선노동당(남로당)을 창당하다.

-1948년 북한의 조선민주주의인민공화국 최고인민회의에서 김일성(1912~1994) 수상 체제 하의 부수상 겸 외무상에 선임되다.

-1953년 당 기밀을 미국에 누설했다는 혐의 등으로 체포되고, 1956년 총살당하다.

　하지만 이 같은 이력을 가지고 그에 대한 객관적 이해는 결코 쉽지 않다. 그는 스탈린(Joseph Vissarionovich Stalin, 1878~1953)의 정적이었던 트로츠키나 마오쩌둥의 정적이었던 류사오치(劉少奇, 1898~1969)와 같은 비극적인 운명의 소유자에 대한 권력무상無常이라는 세간의 연민이나 동정도 받지 못한다. 다만 1920년 창당한 중국공산당의 지도자인 천두슈(陳獨秀, 1879~1942), 1922년 창당한 일본공산당의 지도자인 도쿠다 규이치(德田球一, 1894~1953), 1925년 창당한 인도공산당의 지도자인 사티아 박타(Satya Bhakta, 1897~1985), 1930년 창당한 베트남공산당의 지도자인 호치민(胡志明, Ho Chi Minh, 1890~1969) 등과 비교하면, 그의 진면목을 나름 엿볼 수 있을 것이다. 아마 남북한 간의 역사적 이해와 화해가 이루어진다면, 시신 흔적조차 없는 그가 저 세상에서 해원하리라."

내가 박헌영의 삶에 주목했던 이유는 조선공산당 당수이자 남조선노동당의 수장으로서 해방부터 분단까지 상당한 영향력을 행사했음에도 불구하고 대한민국에서는 6.25전쟁의 원흉이라는 이유로, 조선민주주의인민공화국에서는 미제의 스파이라는 이유로 발자취를 찾기 어려웠기 때문이다.

정치외교학과 사무실보다는 새울문학회라는 동아리방에서 더 많은 시간을 보냈던 나는 임화 등 카프(KAPF) 출신의 남로당 소속 문인들의 작품들을 접했고, 그런 까닭에 남로당의 흔적은 그나마 정치학계보다는 문학계에 더 남아 있다는 것을 알았다.

세월이 흘러서 기자가 된 나는 세 가지 진리를 깨달았다. 첫째, 역사는 후대後代에 승자의 시각에서 기록된다는 것이었고, 둘째, 역사에서 패자의 기록은 거대한 파도에 씻겨서 사라지는 발자취에 지나지 않다는 것이었고, 셋째, 승자의 업적을 찬양하는 것도, 패자의 슬픔을 달래는 것도 결국 작가의 몫이라는 것이었다.

평택 만기사에서 여러 차례 만남을 이어 간 끝에 원경 스님은 경계하는 눈빛을 거두고 자신이 살아온 이야기를 상세히 들려주었다. 스님이 소포로 보내 준 『이정 박헌영 전집』을 읽으면서 나는 낱낱의 구슬들을 엮어야 염주가 되듯이, 개개인의 삶이 어우러져야 역사가 된다는 것을 알 수 있었다.

몇 년 뒤 모친의 별세 소식을 듣고서 내가 전화를 했을 때 스님의 목소리는 젖어 있었다. 흐느낌 끝에 스님은 "좋은 데로 보내 드렸다."고 말했다. 미욱한 나로서는 '좋은 데'의 의미는 미뤄 짐작됐으나 '보내 드렸다'의 의미는 당최 알 수 없었기에 "스님의 염불에 따라 어머님의 신위가 연기로 사라질 때, 그 연기에 취해 배롱나무 붉은 꽃잎이 가늘게 떨렸습니다."라는 송기원 시인의 시 구절을 떠올릴 따름이었다. 돌이켜 보건대, "좋은 데로 보내 드렸다"는 스님의 말씀이 낱낱의 구슬을 하나의 염주로 꿰는 실 역할을 했다.

2019년 사명대사 추모 학술 세미나를 기획하면서 나는 특강 강사로 역사문제연구소장을 역임한 이이화 교수를 초청

했다. 학술 세미나를 마치고 나는 회식 자리에서 이이화 교수로부터 『이정 박헌영 전집』의 출간 과정 이야기를 전해 들을 수 있었다.

2020년 이이화 교수가 별세한 데 이어 2021년 원경 스님마저 열반하였다. 그들의 노력으로 '인민의 고무래'임을 자처했던 이정而丁의 생애는 세상에 빛을 보게 됐듯, 누군가는 그들의 생애를 써 내려가야 할 것이었다.

원경 스님과 반연이 깊었던 김성동 소설가는 「멈춰 버린 인연의 수레바퀴」라는 글을 통해 원경 스님의 입적을 추모했다. 그 글의 일부를 인용하면 아래와 같다.

전화를 받은 것은 12월 6일 상오 11시쯤이었다. 박 동무 아드님이 열반하셨다는 것이었다. 주지하고 있던 평택 만기사萬奇寺에서였는데, 심장이 그 고동을 멈춘 것이 한 시간쯤 앞이라고 하였다. 어머니(정순년)가 열반하신 날이어서 재를 올리고자 목욕재계를 하던 중 뒤로 쓰러졌다는 것. '마지막 여맹위원장'이었던 어머니가 열반하신 다음 연락이 끊겼던 이 중생 빗아치(담당자)가 말하였다.
"몸조심하십시오."

그리고 가느다랗게 떨리는 것 같은 목소리로 이렇게 덧붙이는 것이었다.

"김 선생님도 이제 외로우시겠습니다. 옛 동무들도 죄 떠나가고……."

원경 스님을 처음 본 것은 60년대 말쯤 경기도 안성 땅에 있는 칠장사七長寺라는 옛 절에서였다.

배코 친 머리에 먹물 옷을 걸치고 있었으나 화두를 들고 침음하는 비구比丘라기보다는 천군을 질타하는 장수의 풍모였다. 큰 키에 깍짓동만 하게 엄장 큰 체수였고 솥뚜껑 같은 손에 옷을 때면 또 꼭 쇠솥 부서지는 소리가 나서 한눈에도 범상한 중으로는 보이지 않았는데, 무엇보다도 내 마음을 끌어당겼던 것은 눈빛이었다. 쏘는 듯 날카로운 눈빛이었는데, 그것은 잠깐, 한 또는 깊은 슬픔을 간직하고 있는 사람이 남다르게 가지고 있는 그 바닥 모를 어둠 같은 것이라고나 할까, 야릇하게 사람을 끌어당기는 듯하다가도 탁 밀쳐 내고 탁 쳐냈다가도 다시 또 바짝 끌어당기는 듯한 그런 눈빛이며 얼굴이었으니, 아하, 당신도 맺혀 있는 것이 많은 중생이로구나. 풀어내야 할 업장이 두터운 중생이야.

(중략)

268

원경 스님이 내 혼인 물선으로 보내 준 것이 1백여 권 조선왕조 시대 고전이었다. 더욱더 부지런히 갈고닦아 지금 이 순간에도 구만리장천을 중유中有의 넋으로 떠돌고 계실 그이들 원혼을 천도해 드릴 수 있는 소설을 써내라는 뜻이겠는데, 그러나 몸은 편하지 않고 마음 또한 귀살스러워(산란해서) 입을 열면 목소리는 떨려 나오고 붓끝은 자꾸 흔들려 파지만 쌓여 가니, 이것은 또 무슨 과보인가.

내 선고와 화상 선고이신 이정 선생님과는 사제 지간이라고 할 만큼 따뜻하고 깊었던 동무 사이였다. 내 왕고王考와 화상 왕고 또한 한 옛살라비로서 세의世誼가 있었으니, 인연의 수레바퀴는 3대에 걸쳐 이어져 내려오고 있는 것이다. 생각하면 무서운 일이 아닐 수 없다. 서로 간에 풀고 녹여 내야 할 업이 무겁다는 생각이다. 옴 미기미기 야야미기 사바하.

원경 스님이 입적하고서 그 이듬해에 홀로 외로웠던지 김성동 소설가도 동지들의 길을 따라갔다.

내가 『차일혁의 수기』를 읽은 이유는 차일혁이 6.25전쟁 당시 화엄사, 천은사, 쌍계사, 선운사 등 전통 사찰을 지켰다는 내용의 기사를 보고서였다. 『차일혁의 수기』를 읽고서 차일혁이 이현상의 장례를 치러 줬고, 사살된 이현상의 옷에서 염주가 나왔다는 사실을 알게 되었다. 이현상의 유품 중에 염주가 있었다는 사실은 『이현상 평전』에서도 확인되었다. 뜻밖의 수확이었다.

나는 이 소설을 써 내려갔고, 소설의 퇴고가 마무리될 무렵 원경 스님의 입적 소식을 들었고, 소설 원고를 출판사에 넘긴 시점에 김성동 소설가의 영면 소식을 들었다.

원경 스님과 김성동 소설가의 영전에 작고 보잘 것 없는 이 작품을 올리고 침향을 사루며 발원컨대

염주 들고 시방법계 관하옵나니
허공으로 끈을 삼아 모두 꿰어서
평등하신 노사나불 항상 계시옵소서.

염주

초판 1쇄 발행 2023년 3월 1일

지은이 유응오
펴낸이 이계섭

책임편집 박찬세
디자인 이라희

펴낸곳 (주)백조
주소 경기도 화성시 남여울3길 19 201호
출판등록 2020년 8월 14일
전화 031-8015-0705
팩스 031-8015-0704
E-mail baekjo1120@naver.com

ISBN 979-11-91948-09-7(04810)
값 15,000원